Christine Vescoli
Mutternichts

Dass die Sache geschrieben sein will.
(Marina Zwetajewa)

Mutter schlug die Augen nieder, wenn sie nachdachte und in sich verschwand. Sie schaute in einen Punkt, der im Boden lag. Irgendwo war er immer. Manchmal lag er auf dem Tisch. Dann zogen ihre Finger langsam darüber und zeichneten unsichtbare Linien in das gebügelte Tischtuchleinen. Sie senkte den Kopf und ich meinte schon, er würde gleich abknicken. Aber plötzlich stemmte sie sich hoch und ihre Stimme war vollkommen klar, sodass ich nicht verstand, von wo sie herkam, während ich gerade noch gedacht hatte, das nichtsnutzige Nichts würde sich wieder über sie legen.

Als ihr Blick zu mir zurückkehrte, wollte ich sie fragen: Wo bist du gewesen, Mutter? Ich fragte nicht. Ich fragte sie nie.

Es war schnell bei der Hand. Sie hatte es immer bei sich. Das Nichts war verlässlicher als ihr lieber Gott. Ob sie es brauchte oder sich davor duckte, wollte ich verstehen. Nichts zu sein und nicht zu sein waren für meine Mutter eins.

Das ist eine Weile her. Ich sehe sie nicht mehr in den Punkt auf der Tischdecke schauen. Ich sehe nicht mehr ihren Kopf niedergehen. Sehe nicht, wie er sich hebt, und nicht ihren Blick, der meinen davon abhält, dem ihren zu folgen. Was hatte sie in ihm gesehen? Sah sie, dass er den Einstieg nicht fand, an dem der ihre ins Leinen ging? Wollte sie ihn austricksen, abschütteln, zersprengen? Ich war ihren Linien gefolgt, die häufig Kreise waren, ich versuchte etwas darin zu erkennen, eine Form, eine Figur oder eine Schrift auf den Fäden des Leintuchs. Es stand nichts geschrieben. Es blieben nur die unsichtbaren Linien und Fäden, die fein gezogenen Fäden aus einem Mutterwollknäuel, nach denen ich wie ein Kätzchen angelte.

Die Linien zogen weiter, gingen in Spiralen über. Ihre Finger liefen wie Schlittschuhe ohne Tänzer. Ich ging ihnen nach, fürchtend, dass sie einbrechen würden, hoffend, dass sie es taten und Mutters Blick freigaben. Sie brachen nicht ein. Sie fielen auch nicht nieder. Ihr Blick tauchte auf und sie schaute mich an, als wäre sie nie nicht da gewesen.

Es kann sein, dass die Angst umeinander der Ort war, an den wir zusammen hingehörten. An dem wir uns voreinander versteckten, während wir aufeinander schauten.

Manchmal gehe ich an ihr Grab. Vor mir der Stein mit dem Namen, dem Foto, dem Geburts- und Todesdatum. Dazwischen ihr Leben, eine Leerstelle auf dem Stein zwischen zwei Datumsangaben. Kein Strich dazwischen. Nichts, das die Zahlen verbindet. Vielleicht meine Augen, die sich an die Platte kleben. Ich versuche, mit ihr zu reden. Es gelingt nicht.

Ich kann nicht zu Mutter reden, als würde sie mich jetzt unter der Erde oder wo auch immer hören. Als wäre die Erde der Scheitel, der das Leben hierher und den Tod dahin kämmt, und mein klapperndes Reden zopfte uns wieder zusammen. Es geht nicht. Ich weiß nicht, was meine tote Mutter ist. Ich kann Mutter denken, die klein war, die zart, die schnellfüßig war. Ich kann sie still, laut, ich kann sie zornig oder traurig denken. Ich kann sie stolz denken, schweigsam oder zaghaft, stark, schwach, niedergeschlagen, aufgeschreckt, das alles. Die Bilder sind da. Bewegen sich, ziehen weiter oder schlafen.

Ich habe sie in meinem Kopf, ich habe die Erinnerung. Aber ich habe keine Vorstellung von einer toten Mutter. Ich weiß nicht, wohin damit. Mit welchem Teil von ihr deckt sich das Wort „tot"? Ich meinte es zu kennen, gebrauchte es nicht anders als „groß", „süß", „rot" oder „dumm". Ich nahm es in den Mund und es war eins mit einer Vorstellung. Bei Mutter versagt es den Dienst. Es rasselt in meinem Kopf wie trockene Kerne in einer leeren Kapsel. Es ist das einsamste Wort der Welt.

Ich gieße die Blumen mit der Plastikkanne vom Friedhof. Ich zupfe die welken Blätter von der Heckenrose, schlucke, klopfe Pollen von meinem Rock, die Friedhofspflanzen setzen. Ich bleibe kurz stehen. Dann gehe ich.

Ich habe keine Angst vor dem Vergessen, als folgte das Verschwinden dem Tod auf den Fersen. Es gibt die Augenblicke, die quer durch die Zeiten fallen. Manchmal steigen sie wie Landstreicher durch ein Fenster ein, räumen den Kühlschrank leer und lassen eine Mütze oder ein Feuerzeug liegen. Manchmal sind sie die Abschiede, die es gab. Ich kam durch die Gartentür und sie kam mir entgegen wie ein Mädchen, das lachte und nichts wusste, obwohl sie die Male zählte, wie oft sie mir die Gartentür noch einmal aufmachen würde. Die Male, die einmal die letzten sein würden. Sie sollten heiter sein, als wäre es nie anders gewesen. Wir aßen Würstchen vor dem Spital, tranken eine Cola, es war heiß auf den Bierbänken in der Sonne. Busse krochen wie Raupen an uns vorüber, in der Mitte knickten sie ab und schliffen ihr Hinterteil wie einen abgestorbenen Fortsatz nach. Wir drückten Senf auf den Pappkarton, einer saß neben uns, beugte sich über den Teller wie eine Unke und ließ den Hintern über die Bierbank hängen. Er war dick und man sah in den Schlitz, der hinter der Hose verschwand. Mutter war müde. Ich fuhr sie heim. Wir gingen durch ihren Garten. Blumen blühten vor dem Fenster, ein Vogel prallte gegen die Scheibe. Ich erschrak, sie nicht. Sie blieb unberührt von dem dumpfen Knall, ließ mich zurück mit dem Fleck auf dem Fenster mitten im Esszimmer.

Ich stand da, plötzlich seltsam allein, als hätte sie sich davongemacht, ohne etwas zu sagen. Ich sah auch keinen Vogel. Es gab keinen, und ich, plötzlich mein eigener Avatar, wusste nicht, war eben der Knall oder mein Schrecken unwirklich gewesen. Oder beides eine Täuschung? Meine Wahrnehmung Einbildung und mein Schrecken Trug? Ich stand auf dem Teppich neben dem Tisch im Esszimmer, vor mir die Fensterfront in den Garten, vor dem Fenster die Rosen, deren Rot wie Rosen, wie nichts anderes. Der Teppich gemustert, Rauten und Arabesken, das Esszimmer sonnig und auf der großen Fensterfront ein faustgroßer Fleck. Das hatte es eben gegeben, einen gegen die Scheibe prallenden Vogel.

Auch meinen Schrecken hatte es gegeben. Und es hatte keinen von Mutter gegeben. Sie, die mich im Lieben das Fürchten lehrte und mit der Umarmung stumm eine Abwesenheit in mich hineindrückte, in mich hineinlegte wie ein Muttermal in die Achselhöhle, in der Angst und Lust den gleichen Schweiß treiben, Mutter stand felsenfest neben mir und war nicht mehr da.

Sie hat mir ihr Nichts hinterlassen. Existente Inexistenz, dicht hinter ihr. Manchmal denke ich, ein schwarzer Engel. Oder ein Gesetz in ihrem Rücken, dessen Exekutive sie war. Jetzt ist der Platz leer, ist durch ihren Tod frei geworden. Ich sollte also sehen können, was es war, was meine Mutter im Rücken hatte. Ich sollte es sehen können, das Erbstück, mit dem sie mich, die geliebt und blind an sich getackerte Tochter, beschenkt hatte, und es blitzte an meinem Ohr, an meinem Finger, an meiner Brust, funkelte klarer als jeder Brillant, den ich mir anstecken oder abstreifen oder den ich verkaufen könnte, und ich könnte abwägen, wogegen er einzutauschen wäre. Aber so ist es nicht. Sie hat es, wie es heißt, ins Grab mitgenommen.

Ob es das wirklich gegeben hat? Und wie soll man über ein Nichts schreiben, aus dem vermutlich nichts zu holen ist außer ein weiteres Nichts?

Ich war vier oder fünf und stand am Küchenfenster zwischen Holzkiste und Herd. Der Küchenvorhang hing schwer vor dem Fenster, gelb wie draußen die Herbstlandschaft. Sie lag träge vor meinen Augen, rann aus wie fetter Dotter. Noch kreischte eine Motorsäge in der Nachbarschaft, dann war nichts und niemand zu hören, nur die Landschaft und der Vorhang satt und goldgelb vor meinen Augen. Etwas machte mir Angst in dieser nachmittäglichen, klammen Stille, in der nichts geschah und alle schliefen und ich allein in der aufgeräumten Küche war. Ich stand da mit von Stille vollgepfropften, hämmernden Ohren und fürchtete, ganz einfach verschluckt zu werden vom Gelb, das anschwoll und herankroch und sich zähflüssig über alles ergoss. Es legte sich träge über die Erde bis in die Küche herein, knickte hinterrücks mein Kindsein nieder und drohte, mich in seiner dicken Masse zu ertränken. Da stieg eine

Wut in mir auf gegen all das grelle Gelb und die dumpfe Stille, die so unverschämt und zudringlich wurde und mich wortlos schlucken wollte.

Warum kann ich mich daran so genau erinnern? Es geschah ja nichts.

Was von Mutter unsichtbar war. Ich hatte es vor Augen und konnte es nicht sehen. Es ist das von Mutter unsichtbar Gemachte. Eine Lücke mitten im Leben. Der Nebel mitten im vergilbten Bild. Ein Nichts, das da ist.

Vielleicht hat sich das Mutternichts auch verkrochen, lebt durch Schweigen abgerichtet in mir fort und ich kann es wieder nicht sehen. Schleicht durch meinen Körper und bohrt sich in meinen Bauch, dringt in die Gedärme vor und zerschleißt deren Wände, kratzt und dehnt sie und ich meine immer noch, es ist Luft, nichts weiter als Luft. Aber selbst Luft ist im Bauch Schmerz, höllischer Krampf im Kampf um eine Mitte. Ist es Schmerz, ist es Luft, ist es nichts, das darauf abzielt? Es zerrt und zurrt mich hinter dem Bauchnabel zusammen, zieht mich auf einen einzigen Punkt hin und sengt mich in einem hellen Zischen nieder. Es brennt Löcher in meine Mitte. Bohrt Löcher in meinen Bauch. Löcher in meinen Körper, Löcher, durch die die Angst in mich eindringt und zustößt. Sie reißt mir die Strumpfhose von den Schenkeln und legt sie mir um den Hals, sie hält mich und lässt nicht los, lässt mich zucken, als würde ich beben, drückt mich noch einmal nieder, bis ich offen bin für sie, die Angst im Nichts meiner Mutter, und mich selbst schuldig spreche für meine ergebene, hingegebene Nacktheit.

Genug. Jetzt will ich es sehen. Ich will ihr Nichts vor mir haben wie ihr Foto, die Uhr, die Vase. Was noch übrig ist. Jetzt, wo sie nicht mehr über ihr Schweigen waltet und es ohne sie da ist, darf es mir nicht mehr entkommen. Nicht mit dem Tod abfahren, mir die Tür vor der Nase zuknallen und mein Schreiben mit sich nehmen und ich bleibe an der Haltestelle stehen, als wäre sie Wartestelle für mein Leben und kein Bus kommt mehr. Ich will es kriegen, mit beiden Händen. Ich will es, wenn nötig, an der Gurgel packen und zudrücken, bis es röchelt und ich habe, was ich wollte, seine letzten Worte und seinen Namen. Es darf nicht die Täuschung gewesen sein, in der es mit mir spielte, es darf nicht eine Angst von uns übrig bleiben, leer, grundlos, fraglos, sinnlos, stumm und vergebens, stumpf wie ein schwarzer Stern, erloschen, lose und schwer wie Teer und am Ende nichts als endlos traurig. Mutter, ich will sehen, was du vor mir verborgen hieltest, und es war doch die ganze Zeit da.

Schon misstraue ich mir. Kann ich ein Verschwinden und sein Verschwundenes von dem trennen, was da ist? Als ob es wieder nicht da wäre? Will ich es davon abkoppeln, so, wie Mutter es wollte? Sie hielt mich eng an ihrer Seite, ließ mich bis an den Eingang heran, hinter dem ich sie wie im Tischtuch verschwinden sah. Sie bewachte ihn und er trennte das Leben, das ich mit ihr teilte, streng von dem, das nur ihr gehören sollte. Will ich nun das gleiche tun? Will ich vom einen reden, von ihrem Nichts, als wäre es nicht auch das andere, nämlich ihr Leben?

Davon erzählen.

Zunächst sachlich, wie ein Bericht es tut. Er schreibt nieder, was gewesen ist. Tatsachen. Seine Sache stimmt. Dass Mutter der Winter schwerfiel und sie im Februar auf den Frühling wartete. Dass ich im Sommer aufgehe, der für mich immer noch endlos ist wie als Kind. Dass sie fünf Minuten früher am Treffpunkt war und ich nur mit Mühe pünktlich bin. Dass wir nie ineinander eingehängt durch die Straßen gingen, weil ihre Schritte kürzer waren als meine und wir keinen Takt fanden, in dem wir uns hätten treffen können. Dass sie die Beine nie übereinanderschlug und nie die Arme ineinander verschränkte, wie ich es tue, ohne es zu merken. Dass sie aufrecht ging wie eine Kerze und bei Schmerzen nie weinte, während ich schnell heule. Dass sie andächtig im Konzert saß und danach mit keinem reden wollte. Dass sie Totenbildchen sammelte und Stellen im Buch markierte, dass sie

Katzenwäsche machte und das Duschen hasste, weil ihr vom Strahl, der zu hoch war, schwindlig wurde. Dass sie sich ein Spiegelei briet, wenn sie allein war. Dass sie gern allein war. Dass sie es oft war. Dass sie zu jedem Weihnachtslied die kleine Terz sang, Spielfilme anschaute und hitzig das Weltgeschehen kommentierte. Sie liebte Blumen, kannte deren Namen und legte Peltzer davon an. Ich habe Mohn und eine Pfingstrose aus ihrem Beet im Garten. Ich habe ihre Augen und die Nase ihrer Tante, ich habe ihre Stirn, ihre Backenknochen, ihre Beine, nicht ihre Knie und nicht ihre schmalen Waden. Ihre Füße waren kleiner, ihre Hände schneller, ihre Ordnung dreimal größer als meine. Der Geruch von verbrannter Milch ist mir so vertraut wie der Duft von frischer Wäsche, die sie pünktlich in die Betten brachte. Ihr Kauern unter der Decke. Ihr Verkriechen. Ihr Mittagsschlaf auf dem Sofa. Vielredner mochten wir beide nicht. Wir mochten Kartoffeln mit Butter, wir mochten einen Kaffee an der Sonne, wir mochten Schönheit, weil es nicht egal ist, ob es sie gibt oder nicht. Mutter war ein Morgenmensch, ich war es nie. Sie hatte vier Kinder, ich habe halb so viele und die sind jetzt etwa so alt wie ich, als ich anfing, meinen Traum zu beschatten, als wäre er ein Unrecht. Ich stülpte ihn ein. Ich bewachte ihn, damit er mich nicht größer machen würde, als Mutters Angst es erlaubte. Später machte ich mich daran, ihn mir zu verbieten. Ich drückte ihn nieder, einmal war es aus Scham, weil er mir nicht zustand, dann aus Gewohnheit, nichts von einem Innersten zu verraten und nicht preiszugeben, wohin mein Körper drängte, wenn er in Sprache gehen wollte. Mein Traum war das Schreiben.

Mutter sah mein Träumen, das aufstieg und niederging, das auf- und zuging, das schwappte wie eine Qualle und mich einschloss und wieder losließ, das mich trug, selbst als ich glaubte, es wäre nichts als ein Selbstbetrug und dumme Täuschung. Sie erkannte etwas darin, wenn auch nicht das Schreiben. Was? Wir schwiegen, ich in meinem Versteck, sie, tja, warum sie?

Wovor machte sie Halt? Vor einer Angst? Aus Angst? Ich müsste sie fragen. Mutter, warum hast du mir mit deiner Angst das Schreiben verboten, mit deiner Angst, mit der ich um dich Angst hatte? Ich will dich fragen, in einer Geschichte graben, die es mir erklärt und erklärt, warum ich für dich still und gehorsam sein musste, ohne dass jemand es überhaupt merkte, warum ich mir die Sprache aus dem Gesicht wischen musste, in das du dich hineingeschrieben hast, sodass man dich in mir sah, warum ich das Schreiben schlucken und mir mit der Zunge in den Hals zurückschieben musste, wenn es wie eine Pillenkapsel wieder hochkam und nicht verschluckt bleiben wollte, warum ich es doch wieder hinunterwürgte und mit Kanister voll betäubendem Wasser in den Magen spülte, wo es unterging, und wenn es sich dort immer noch rührte, drückte ich es weiter, bis es in den Bauch kam und im Bauch in den Flammen aufging, die durch meine Gedärme liefen, und du saßest an meinem Bett und streicheltest meine fiebrige Hand, als hätte ich die Grippe und läge nicht im Spital. Mutter, ich will dich verstehen. Ich will hören, was du mir sagst. Will einen Grund für dein gehäutetes Schweigen finden, das ich mit meinem Gehorsam zudecken musste. Ich will verstehen. Aber verzeihen kann ich dir nicht, und noch weiß ich nicht, ob eine Geschichte, irgendeine Geschichte, in der ich dich finden könnte, dein Verbot entschuldigt.

Würde sie etwas sagen oder bliebe sie stumm? Gibt es ab dem Eingang ins Leintuch keine Stimme mehr? Ich weiß, manchmal bleibt die Zunge im Mund wie tot liegen. Liegt hinter geschlossenen Zahnreihen begraben und rührt sich nicht mehr. Ich weiß, wann. Ich erkenne Mutter in mir wieder. Ich bin nicht Mutter. Aber manchmal sind wir die gleiche Frau, getrennt durch die Zeit.

Ich weiß, wann die Stimme versagt, ich weiß, wann sie da ist, wann sie kommt, steigt, fällt oder bricht wie knackende Fingergelenke. Ihre Stimme ging auf Wellen. Auf vielen kleinen, wenn sie fröhlich war. Auf flachen, wenn sie von weit herkam und schwappend an Land schlug.

Wenn ich sie anrief, hielt ich den Atem an und wartete auf Mutters Stimme. Ob sie auf den kleinen oder den flachen Wellen ging. Ob sie an Land kam. Ob ich lange auf sie warten musste. Manchmal war das Warten sehr groß und ich nur ein Lauschen. Es dauerte so lange wie das Hinaufklettern auf eine Bühne. Ich hörte Mutter den Aufstieg suchen, ich hörte sie den Kittel zupfen, hörte sie die Gedanken einsammeln wie entlaufene Kinder. Endlich hörte ich sie in den Hörer sprechen und in die erste Silbe des Familiennamens fallen, mit dem sie sich vorstellte. Der Name, der mit der Heirat zu ihrem geworden und ihr doch immer fremd geblieben war. Es war Vaters Name, der italienische Name. Ihm liegt er auf der Zunge wie anderen das Herz. Er spricht ihn aus mit einem Genuss im Gaumen, er nimmt ihn in den Mund wie die Sprache, die er gebraucht für ein Spiel der Schnelligkeit, für das Match, das einer gewinnt und einer verliert, und er wird es gewinnen. Er genießt die Sprache, er liebt die Sprache, er segelt darin wie auf hoher See und so segelt er auch in seinem Namen.

Das gelang Mutter nie. Ihr lag er im Mund als fremder Körper. Er passte nicht auf ihre Zunge, er passte nirgends hin. Es war immer nur Vaters Name.

Wenn sie mich, die ich von irgendwoher anrief, am anderen Ende der Leitung hörte, hüpfte ihre

Stimme oder sie hing mitunter schwer darauf wie ein nasses Tuch. Ich tappte nach ihr und sie nach mir, beinahe vergaß ich, wo ich mit dem Hörer am Ohr gerade war.

Ich wohnte in einer Stadt weit weg von Mutter, in der Stadt und in der Gasse von Sigmund Freud, eine Nummer vor ihm. Ich hatte eine Prüfung an der Uni hinter mir. Ich hatte einen Kater. Das nasse Haar im Handtuch und eingeschnürt im Gürtel, den man eng um die Taille trug, stand ich vor dem hohen Fenster und horchte auf die Wellen in Mutters Stimme im Hörer. Ich hatte sie wieder. Sie flossen ins Zimmer herein, zogen sich zurück in den Hörer und nahmen mich mit, bis sie verschwanden, und ich, mit nassem Haar, stand zurückgeworfen wieder im Zimmer in Sigmund Freuds Gasse.

Durch das Zimmer verstand ich, was die Größe eines Raums bedeutet. Eine Kammer hat diese Größe nicht und auch das Zimmer nicht, das ich mit meiner Schwester teilte. Kammer und Zimmer schlossen mich ein, sie steckten mich ab, sie hatten keinen Raum, der sich vom Tisch zum Fenster, vom Bett zum Schrank, von der Tür zum Balkon auftat. Man war immer schon beim Tisch, Schrank, Bett, Balkon. Dazu brauchte es fast nichts, manchmal nur eine Drehung um sich selbst. Das Zimmer in Freuds Gasse trug meine Schritte durch seine ganze Größe hindurch und machte es unmöglich, mich in kurzen Abständen zu denken.

Das Zimmer in Freuds Gasse, das Zimmer mit den zwei Fenstern. Der Kastanienbaum davor. Mein Schreibtisch am linken Fenster, auf den ich eine Spanplatte gelegt hatte, weil er zu klein war für die Zettel und Bücher, die Stifte, Löffel und Kaffeetassen, verwickelten Kabel, Kassetten und Taschentücher. Über alle Jahre hinweg kritzelte ich darauf und beschrieb die Platte mit Sätzen, Zitaten, Sudeleien, Telefonnummern und Linien. Die Platte war keine Zeichnung, keine Karte, kein Bild, als ich sie beim Auszug aus der Nummer 17 zum Sperrmüll brachte. Mit dem Gefühl von Abschied beim Anblick der Spanplatte im Sperrmüll meinte ich kurz, etwas wäre nun abgeschlossen. Aber ich glaube, mit der Spanplatte im Sperrmüll war mein Dahinkritzeln am Schreibtisch ein für alle Mal verschwunden.

Es gab eine Tür zwischen meinem Zimmer und dem meiner Freundin. Sie war von beiden Seiten mit Kästen verbarrikadiert und doch standen wir auf demselben Boden. Er trug knarzend jeden Schritt von einem Zimmer ins andere und ließ keinen unbemerkt. Wir hörten fast alles voneinander. Das Radio, die Tasten, auf die eine schlug, die Löffel, womit eine Cornflakes aß, die Stille, in der es bei einer spät wurde oder in der eine schlief. Wir lasen das und jenes und vieles, von dem wir nicht alles verstanden, wir lasen Roland Barthes, Judith Butler und irgendetwas von Nancy Fraser. Wenn Irene strickte und die Nadeln fielen klirrend zu Boden, drehte sie das Radio lauter. Und wenn ich mit dem Rasierapparat über meine Beine fuhr, schaltete ich den Staubsauger ein. Keine von uns sollte von der anderen meinen, sie wäre trotz Judith Butler ein Hausmütterchen und – statt auf die Differenz von Macht – auf glatt rasierte Beine bedacht. Ich schaute Filme an, bei denen man nicht fragen durfte, worum es ging, weil man dann dumm dastand. Ich las Foucault, ich entdeckte den Diskurs um das Andere. Ich dachte an das Eine. Ich machte die Tischlampe aus, ging aus dem Zimmer, aus dem Haus. Dann war ich weg. Oder nicht mehr da. Dabei war ich vielleicht schon nicht mehr da gewesen, als ich noch unter der Lampe saß. Nicht einmal, als ich noch nicht unter der Lampe saß. Und nicht, als die Lampe noch nicht brannte, und nicht, als ich den Tisch mit der Lampe ganz ans Fenster gerückt hatte, als wollte ich ihn hinausstellen. Ich war schon weg und in den Gassen nachts, als ich untertags Wörter in die Tischplatte drückte.

Ich ging über den Hof, an den grauen Mülltonnen vorbei und hinaus auf die Straße. Es war alles an seinem Platz und schlief. Der grüne Opel gegenüber. Das Schaufenster mit den Miedern aus Spitze, den Strumpfgürteln und Höschen mit der Öffnung mitten auf dem Hintern. Die chinesische Speisekarte in der Vitrine. Am Radständer das schwarze Fahrrad an ein Schloss gehängt, als wollte jemand die Welt in Ketten legen. Die Leuchtschrift. Das Lokal. Einer fiel heraus, jemand schlich oder schleppte sich noch heim. Sonst schlief alles. Alles, was schlief, war die Straße, in der ich wohnte, und ich nicht gefeit gegen eine Vertrautheit, sodass ich den Schritt antrieb, kaum dass ich die Kreuzung erreichte, über die eine Leere leckte wie ein blindes und verletztes, um den Verstand gebrachtes Kätzchen.

Ich lief über die Kreuzung, überließ den Beinen ihren freien Lauf, ließ sie laufen, wie sie in der Nacht laufen wollten, meine Beine in dicken Strumpfhosen aus Wolle und falscher Seide, meine Beine zwei Tiere im Gespann. Ich schlug Schritte auf das Pflaster, auf den Asphalt, ich lief in Gassen, die endlos waren und mir jeden Sinn für die Richtung nahmen. Ich klopfte sie ab, als gehörten sie meinem Gehen, das nicht aufhören durfte.

Mit den Gassen war das Gehen da, in dem nichts und niemand mich erreichte. Dann lagen die Schritte wie Schuhe da, mit denen ich in meinen Körper stieg, und es war ein ins Freie drängender Körper, auf dem die Dunkelheit spielte. Es war, als ließen die Gassen mich existieren.

„Hey“, sagte da einer im Vorübergehen. Er hatte lange Beine und seine Stimme war pelzig wie eine Maus. Er kam von irgendwoher, hervorgekrochen aus einem Rest, der noch nicht in der Nacht verschwinden wollte. „Hey,“ sagte er noch einmal und der Pelz in der Stimme richtete sich auf. Er blieb stehen, drehte sich um, ich ging weiter. „Nutte!“, schrie er nun und die Stimme war kein Rest mehr, sie warf alles, zu dem er sich aufzuschwingen imstande war, auf die Gasse.

Die Wohnung war nicht sehr groß, aber sehr hoch. Sie hatte alte Parkettböden und undichte Türen, undicht auch die Eingangstür. Sie bestand aus zwei Flügeln, dazwischen ein Spalt, durch den man an einer ausgebrochenen Stelle hindurchsehen konnte. Möglicherweise war einmal ein Schloss darin angebracht gewesen und jemand hatte es durchgeschlagen, der einbrechen wollte. Uns kümmerte das wenig und es kümmerte uns auch nicht, dass jeder mit Leichtigkeit in die Wohnung hätte eindringen können. Als wäre jeder willkommen gewesen. Im Vorraum aßen wir. In der Nische am Fenster rauchten wir und in der Ecke, bevor man in die Zimmer kam, stand auf einem alten Blumentisch das rote Telefon. Daneben das kleine Heft, in das wir die Dauer der Telefonate eintrugen, nach der wir uns die Rechnung teilten. Wir trugen Minuten und Sekunden ein, wir trugen die Tages- oder Nachtzeit ein, Werk- oder Feiertag, Inland, Ausland, Stadt oder Land, was nie vorkam. Keine von uns wollte mehr auf das Land, wo keine Schritte nachts auf das Pflaster schlugen und keine Straßen endlos waren. Das Heft verwaltete Spuren unseres Lebens außerhalb der Wohnung. Es dokumentierte sie nach strengen Regeln, als hätte es stets Beweise für oder gegen uns in seiner Hand, als wäre es eine Geheimakte wie Männer, die einmal im Gedächtnis waren, wieder rausfallen und nichts in Händen halten, die Luft beißen und dünn ins Kissen sinken, die jaulen wie Hunde.

Das rote Telefon hing an einer Schnur. Sie war so lang, als hingen daran sieben Leben. Sie lief endlos durch die Wohnung, in sich gedreht in hundert Knoten oder wie ein Lasso auf dem Boden. Manchmal steckte sie eingeklemmt in einer Tür, manchmal war sie nahezu verschwunden in einem Zimmer, wo eine in den Hörer nuschelte, flüsterte oder hauchte.

Mit Mutter flüsterte ich nie. Auch dann nicht, wenn ihre Stimme nur sehr schwach war und ich wie auf Nadeln sitzend auf sie hörte. Die Telefonschnur war bei meiner Mutter auch nie verschwunden. Ich zog sie wie einen Faden aus einer säuberlich aufgerollten Spule, zog sie mit mir herum, von einem Fenster zum anderen, von der Nische im Vorzimmer bis in die Küche, in der auch die

Duschkabine war und darin ein Sticker mit der Schrift „elevator“. Stand man unter der Dusche, klebte einem der Plastikvorhang am nackten Körper, er leckte an den Schenkeln, bis man sich wieder von ihm schälte und ihn über die Außenkante der Duschwanne warf. Dann rann das Wasser in die Küche. Stieg man aus der Dusche, rutschte und tappte man auf den ausgebrochenen Fliesen, tippelte an Trennmüll und Leergut vorbei, sah sich nackt auf einem Flaschengrund und kochte schnell Kaffee.

Kein Wort darüber am Telefon mit Mutter. Wie eine Katze ihre Jungen trug ich den Apparat durch die Wohnung. Es gab dann nur ihre Stimme. Sie war hell, sie war da. Ich presste den Hörer ans Ohr, stolperte über die Schnur, fing mich wieder, zog die Schnur weiter. Waren die Pausen meiner Mutter aber sehr lang oder überdeckte mein Erzählen ein Verschweigen, wickelte ich die Schnur um mich herum und wurde ihr Gestrick.

Jahre später lebte ich in der kleinen Stadt unweit von Mutter. Da wartete ich, wenn ich sie anrief, immer noch gebannt auf ihre Stimme. Ich fiel über kein Telefonkabel mehr. In der Wohnung standen nun Blumen und in den Regalen Bücher, an den Wänden waren Bilder und Narben auf meinem Bauch. Doch als ich den Hörer ans Ohr hielt und auf die Stimme meiner Mutter wartete, fühlte ich mich wie am Ufer eines Sees, auf den der Nebel drückte, während vor dem Fenster die Berge in der Ferne lagen. Wartete ich da nicht wie ein Kind? Ihr Kind von damals? Nebenan spielten meine Kinder, später hörten sie Musik, später zogen sie aus. Ich aber stand mit dem Telefon am Ufer. Als ich endlich Mutters Stimme hörte und sie war hell, verzog sich der Nebel und ich schaute wieder in den Baum vor dem Fenster, in dem die Vögel schrien. Im Sommer kam auch ein grüner Papagei. Er kam immer pünktlich. Seit der Wildwuchs der Akazien und Holunderstauden vor dem Fenster abgeholzt ist, kommt er nicht mehr. In den Bäumen schreien weiterhin die Vögel. Ein Specht klopft. Ganz in der Früh ist das Singen in den Bäumen ein Lärm. Im Sommer warte ich immer noch auf den grünen Papagei und darauf, dass er am Morgen schlägt, wenn ich auf dem Balkon die erste Kurznachricht schreibe.

Ich habe Mutter nie geschrieben und Mutter nie mir. Es gibt die eine oder andere Karte, einen Gruß oder Wunsch, die in einer Schublade liegen. Aber keinen Brief, den ich aufbewahren könnte. Was es zwischen uns zu sagen gab, lag immer anderswo als in geschriebenen Worten. Und die gesprochenen waren oft nicht die, die in ihr lagen.

Vielleicht kamen manche aus ihr heraus, als wir am Felsen vorbeifuhren, dem Gesteinsbrocken mit dem mächtigen Schloss auf der Kuppe, ab dem das Tal beginnt, aus dem Mutter kam, rau im Winter und im Sommer grün und kühl, weiß die Bäche vom Gletscher. Ab dem Felsbrocken fiel Mutter in den Dialekt ihrer Kindheit. Die Familie saß im Auto, einer roten Alfetta, später einer beigen, später einer blauen. Die Fahrt war lang, sie ging über Pässe und durch Täler, querte Dörfer, hob wieder an zu einem Pass, wieder hinunter über Kurven, Mutter am Haltegriff der Alfetta, die vier Kinder am Rücksitz ohne Gurt und Geduld und ohne Sinn für Landschaft. Auf halber Strecke aßen wir Spaghetti, einen hohen Haufen weißer Nudeln mit Tomatensoße und einer Butterflocke auf dem Gipfel des Haufens. Dazu Aranciata oder Spuma. Oder vielleicht doch Wasser? Denn Aranciata und Spuma nur hin und wieder in der Sommerfrische am Festplatz. Egal. Man fuhr weiter, jemandem wurde schlecht, Vater machte Halt, ein Kind kotzte, Vater fuhr weiter, fröhlich und beschwingt, und kurvte in die nächsten Dörfer und Täler, vor Begeisterung ganz rot im Gesicht, bleich das Kind ohne Nudeln und mit den Kurven im Magen. Irgendwann endlich der Felsen, ab dem das Tal von Großmutter begann, der Felsen mit dem Schloss auf der Kuppe und Vater, der um ihn herumkurvte mit der roten Alfetta. Ab dem Felsen aber wechselte Mutter in den anderen Dialekt, der wie eine andere Sprache war, und mit der für uns anderen Sprache wechselte sie auch die

Welt. Ab dem Felsbrocken gehörte sie nicht mehr zu uns dazu.

Ich schämte mich für die Welt, zu der ich mit dem Dialekt meines Vaters gehörte. Ich schämte mich für die Welt, die nicht hinter Gestein lag, die nicht rau war, die nicht klein war, die nicht steil in den Wiesen und hell in den Vokalen war, ich schämte mich für die Welt, in der sich jemand wie mein Vater gewandt zu bewegen wusste und sich nie anders als ein Fisch im Wasser fühlte und selbst im Schlaf laut war.

Wieder zurück vom Tal und in der Welt des Vaters, fiel von Mutter selten ein Wort, das ihren Dialekt verriet. Nur eine Melodie war da, auf der ihr Reden ging, ein leichtfüßiger Rhythmus, ein Hüpfen in Synkopen und Jamben, das vom Tal kam. Wenn es nicht abbrach und niederfiel, wenn es nicht auf sich warten ließ und nur die Stromleitungen surrten, auf die sich die Schwärme der Stare wie dunkle Wolken niederließen, war Mutters Reden auf Jamben schön.

Ich hörte ihr Atmen. Ich hörte es nicht. Es blieb aus und ich harrte, dass es wiederkommen würde. Ich saß neben ihr, die Zöpfe, die sie mir geflochten hatte, wie Seilwinden über meinen Schultern. Eine Wanduhr tickte, ich aß ein Butterbrot, ein schwarzes Butterbrot mit Honig, saß hinter dem Tisch auf der Bank mit der grünen Polsterung, die Polsterung mit den eingestickten grünen Blumen, so grün wie der Stoff, auf dem sie wuchsen, in unauffälliger Grazie, die nicht gestört werden wollte. Ich saß auf den gestickten, grünen Blumen und tat, als würde ich in *Onkel Toms Hütte* lesen, während ich auf den schmalen Grat hörte, auf dem Mutters Atem ging. Er war von der Stille der Sonnenfinsternis im Sommer, als ich meine Tochter an die Brust presste. Das Licht metallen und klar und von keinem Tier ein Laut. Nur das Nuckeln des Babys, ein friedliches Glucksen an meiner Brust.

Die Stille im Sommer, als kurz kein Vogel sang, keine Grille schrie, keine Mücke flog und mein Kind meine Milch trank. Die Stille im Esszimmer der gestickten, grünen Blumen. Nur mein Kiefer, den ich von innen aus auf- und zuklappen hörte, sein knirschendes Gelenk und mein Kauen auf dem Brot. Sonst nichts. Plötzlich sog Mutter die Luft an, als würde sie sich wieder an das Atmen erinnern. Ich erschrak, ich weiß nicht, ob aus Furcht oder Freude. Ich saß nur da, aß Butterbrot und schaute in die Buchstaben von *Onkel Toms Hütte*.

Ich habe als Kind auch manchmal schwer atmen können. Es wollte mir nicht gelingen, die ganze Luft in die Lungen zu pumpen. Sie blieb dünn oder die Lungenflügel blieben zu auf halber Strecke, ich weiß es nicht. Dann ging ich wie ein im Waschbecken japsender Fisch durchs Haus, kämpfte mich damit ab, mein Atemwerk zu regulieren, bis drei zu zählen und bei vier hechtend nach Luft zu schnappen. Wenn es gelang, war ich stolz darauf, so normal zu sein, dass ich atmen konnte. Wenn ich scheiterte, ging mein Frust mit der Luft in Zorn über und plötzlich wurden meine Lungen wieder frei.

Manchmal träume ich. Wache dann auf und es ist halb vier. Da hört man keinen mehr. Auch keine Schritte im Stiegenhaus. Die Zimmer sind still und ich weiß, sie sind leer. Ich hole ein Glas Wasser in der Küche, bleibe am Fenster, erkenne Figuren auf den Fliesen. In der Spüle die Tassen, schlafende Täter von untertags. Immer noch tropft der Wasserhahn. Im Traum eben stand sie hinter einem Zaun und grüßte herüber. Sie stand dort mit einem Hündchen. Ich hinter einer Schranke, erreichte sie nicht. Ich rief. Rief nach ihr. Sie stand drüben und schaute herüber, winkte und hatte das Lachen mit den schneeweißen Zähnen. Der Weg hinter dem Zaun war steil, er lag über der Waldgrenze und führte auf einen Berg. Er war nicht besonders schmal, etwas staubig und steinig und Mutter beschwingt. Ich sah sie heiter, während ich rief und nach ihr ins Leere griff. Sie trug eine dicke Jacke und feste Schuhe und das Hündchen, zu dem sie sprach, hielt sie an der Leine. Sie sah zu mir herüber und sagte: „Mir geht es gut, lass mich gehen."

Ich gehe ins Bett mit kalten Füßen, warte auf den Morgen.

Fast hätte ich durch einen Spalt hindurch etwas von Mutter gesehen, als hätte ich es gerade noch erspäht. Im letzten Moment habe ich es verloren. Es war wenige Tage vor ihrem Tod.

Ich saß bei ihr, wir sprachen über eine Nachricht, über die Kinder, die Katze, die nicht fraß. Sie schlich einem um die Füße und wenn man sie streicheln wollte, sprang sie weg. Auf dem Sofa, auf dem Mutter lag, blieb sie liegen, kniff die Augen zu, lag da und schnurrte, deckte mit ihrem Schnurren Mutters Müdigkeit zu.

Mutter war schon sehr schwach geworden. In einer alten Gewohnheit strich sie sich durchs Haar, langsam und achtlos, bis sie die Hand im Haar liegen ließ, als hätte sie sie vergessen. Ich meinte, sie würde wieder in den Schlaf fallen, die Katze zu ihren Füßen. Da stand ihre Hand wieder auf, sie hob den Zeigefinger und Mutters Augen waren ganz wach. „Aber wir, die vom Bruggerhäusl …“, sagte sie, und ich wartete darauf, dass sie weitersprechen würde, denn der Satz war da. Er war fertig in ihrem Kopf. Ich musste nur still genug sein, um den Satz nicht zu stören, der da war und gesagt werden wollte.

In dem Moment klopfte es an der Tür. Die Katze sprang auf und meine Mutter ließ die Hand niedersinken. Jemand kam mit Blumen. Ich machte Tee. Jemand lachte.

Den Satz hat Mutter nie gesagt. Ich habe ihn nie zu hören bekommen. Aber etwas war in dem Satz, das weit in eine Zeit zurückführte, von der ich etwas nicht wusste.

Mutter starb an einem Sonntag im Mai. Der Tag war fast zu Ende und um neun gerade noch hell. Ihr schmächtiger Brustkorb hob sich für einen Atemzug, senkte sich nieder, blieb liegen, hob sich noch einmal, sog schwer an einem nächsten Atem, blies ihn aus, dann kam keiner mehr.

Nie das Kleinsein vergessen. Nie aus seiner Hand fallen. Mutter hielt sich daran fest.

In eine Familie hineingeboren, in der es die einzige Habe war und der einzige Stolz, den man sich erlaubte, gehörte sich ein anderer Gedanke nicht. Mutter hat nie aufgehört zu denken, dass das Kleinsein sie meint. Wehrlos dagegen, konnte sie damit nur ganz allein sein.

Sie hatte es geschluckt, als sie in der verrußten Küche die Milch am Morgen trank. Sie hatte es mit dem Singen geschluckt. Das war mitten im Winter gewesen. Sie war durch den Schnee gestapft und sang gegen die Kälte an. Singen und Schlucken waren eins für das Kind, das sie gewesen war. Sie erzählte es anders. In wiederkehrenden Brocken, immer wieder dieselben Brocken vom Singen und der Kälte.

Das liegt weit zurück, weit weg von mir. Es könnte Traum sein, zu dem ich durch ein Schlupfloch komme. Oder ein Film hinter einem heimlichen Guckloch, von dem ich nur Ausschnitte kenne, Stills wie Ikonen, während das Kleinsein im Dunkel läuft wie die ratternde Spule vom Film, den ich nicht sehe.

Ich würde gerne im Traum einen Schlüssel finden, ich möchte wie im Film die ganze Geschichte sehen, die Damals sagte und Dann und Später und alles verknüpft zu einem Ganzen. Aber im Erzählten meiner Mutter ist keine Geschichte oder nur so viel, dass nichts von ihr verraten war. Es gibt kein Guckloch und für mich keine Geschichte meiner Mutter, es gibt nur eingefrorene Stills.

Vorerst die Bilder vom Schnee, in dem Mutter Lieder sang. Schnee und Kälte. Davon erzählte sie.

Sie erzählte, sie sang Kirchenlieder, Herbst- und Abschiedslieder. Sie sang Tanz-, Trauer- und Wiegenlieder. Sie sang Weihnachts-, Jagd- und Liebeslieder. Sie sang alle Lieder, die ihr auf dem Weg in den Sinn kamen, als sie fror. Sie sang die deutsche Messe, sie sang die lateinische Messe und deren Zeilen, die sie in ihrem feierlichen Klang wärmten. Wenn die fremden Wörter so herrisch taten, als hätten sie alles Sagen, fühlte sie sich davon ausgeschlossen wie von einem Geheimnis. Dann hörte sie in die Fremdheit der lateinischen Wörter hinein, bis Gebilde aufstanden. Qui tollis und die Tollwut, die Agnes aus dem Agnus oder das Kyrie, mit dem die lateinischen Wörter daherrumpelten wie Holzscheite, losgelöst aus einem Stapel. Mutter versuchte sie so schnell, wie sie daherprasselten, aufzusagen. Zähneklappernd stieß sie sie gegen die Kälte und enttäuscht stolperte sie wieder darüber, wenn sie ihr nicht so kamen, wie es sich von der Messe her gehörte.

Manchmal schrie sie Gedichte. Das war im Feld hinterm Haus. Dort sah und hörte sie keiner. Dort ging die Stille auf wie Ohren und das steile

Feld wurde Mutters Rücken. Sie schrie die Gedichtzeilen in die Luft und sie standen am Himmel. Mutter segelte in den Wörtern und ging nicht mehr im Waschtrog unter, der sie ausschüttete und auswarf und sie blieb wie ein leeres Schneckenhaus liegen.

Davon erzählte mir Mutter. Sie erzählte von den Gedichten, in denen Wörter leuchteten und loderten, und das Lodern ging in ihren Körper über. Als ich selbst in der Schule Balladen auswendig lernen musste, hatte sie alle Strophen lange vor mir im Kopf und trug sie, wenn sie neben mir bügelte, vor wie das Mädchen, das Gedichte aufgesagt hatte. Sie tat es schüchtern und zugleich stolz. Sie flatterte in einer Leichtigkeit, während ich im Unmut vor den endlosen Balladen feststeckte. Ich stand vor der Ordnung der Zeilen jedes Mal vor Gericht. Sie ließen mich nicht laufen, wie immer ich abzugleiten und auszubrechen, wie immer ich sie zu durchbrechen versuchte. Sie nahmen mich in die Umklammerung, bis ich so atmete, wie sie wollten.

Von den Gedichten erzählte mir meine Mutter. Sie hatte einen Glanz in den Augen, als könnte ihr diese Gedichte niemand mehr nehmen. Von den Gedichten und den Liedern, die ihr gehörten, während sie sonst nichts hatte, erzählte sie.

Nie sagte sie, dass sie nach der Schule schnell zum Butterkübeln auf den Hof rennen musste, zum Boden Spülen und Hof Auskehren, nichts vom endlosen Spinnen und Flicken und Socken Stopfen. Nie von den Erdäpfeln, die sie schälen, den Krautköpfen, die sie einsalzen, vom Brotteig, den sie kneten musste. Sie erzählte nicht vom Trog, an dem sie in der Kälte gestanden und an dem sie die Wäsche geklopft hatte. Nicht vom Pech und der Asche, die sie in siedendes Wasser gelegt, in einem Handtuch gesiebt, und wie sie aus der braunen Flüssigkeit die Lauge gemacht hatte, mit der man die Wäsche wusch. Sie erzählte nicht von den Eimern, in denen sie Wasser vom Trog geholt und in die Küche geschleppt hatte, um den Abwasch zu machen. Nie von den steilen Hängen, an denen sie mit der Sichel gestanden und das letzte Gras gemäht hatte. Nicht vom geschnittenen Korn, das sie auf dem Feld gebündelt und die Schober im Feld aufgestellt hatte. Nicht von den täglichen Wegen, die sie im Sommer auf die Alm gegangen, und wie sie von der Alm die Milch zum Hof getragen hatte, bis sie fast in die Knie gesunken war.

Sie sagte, dass sie als Kind viele Jahre auf dem Hof gewesen war. Dass sie dort untergebracht gewesen und aufgewachsen war und Heimweh gehabt hatte. Das sagte sie oft. Oder sie sagte, es gab oft Heimweh.

Nie sagte sie, dass sie dort Dirn gewesen war. Dass es so viel Arbeit wie Heimweh gegeben hatte und so viel Härte wie Kälte. Es gab so viel von all dem, dass sie nur von einem erzählen konnte, sie erzählte vom Heimweh. Kein Wort über die Dirn, die sie war. Nichts.

Das sagt mir jetzt die alte Frau, die die Bauerntochter gewesen ist und mit meiner Mutter in der Kammer geschlafen hat. Sie sitzt im Rollstuhl, und ein dünnes, graues Zöpfchen entkommt dem schwarzen Band um ihren Kopf. Sie löffelt einen Joghurt aus dem Plastikbecher. Sie zittert.

„Ich bin die Tochter von L., die bei euch am Hof war. Kannst du dich an sie erinnern?" Ich schreie, damit sie auch gewiss hört, was ich frage. Sie schaut mich an und lächelt, zittert und lächelt. „Ja, die L., sie war unsere kleine Dirn nach der Loise. Sie war eine nutze Dirn. Sie war sehr brav." „Ach ja?", schreie ich wieder. „Erzählst du mir davon?" Sie lächelt, löffelt Joghurt, lächelt wieder. Sie weiß nicht, was sagen.

Meine Mutter war acht, als sie Dirn wurde. Sie war zu etwas nutze auf dem Hof, auf dem Härte und Kälte herrschten, gegen die sie sang. Sie war ein Kind.

Sie hatte Heimweh und sagte Gedichte auf wie die Gefangenen im Lager, wie Lenz, der übers Gebirg ging. Sie sagte, sie hatte Gedichte in die kalte Luft hinausgeschrien, als wäre das ihre Kindheit gewesen, immerzu die Geschichte der

Gedichte und vom Schnee und den Liedern, nie etwas vom Dirnsein, nie etwas von der Arbeit, die kein Ende nahm, nie von der Härte, nie, warum sie als Kind auf dem Hof war, auf dem sie fremd war. Als würde die Geschichte schmutzen.

Was war meine Mutter, wenn sie Dirn war? Was war eine Dirn? Das Lexikon erklärt, was eine Dirn gemacht hat, listet ihre Aufgaben und Tätigkeiten auf, die Position der kleinen und die der großen Dirn. Alles scheint klar und geordnet. Aber nichts ist mir klar, nicht ein einziger Moment aus dem Dirnsein meiner Mutter.

Ich greife nach ihr wie in einen schwarzen Zylinder, aus dem ich willkürlich ein Los für erste Fragen ziehe. Wo stellte meine Mutter den Topf mit dem Wasser vom Trog auf den Herd? Wo kniete sie, als sie in der Früh die Böden schrubbte? Durch welche Räume schlich sie, in welchen schlief sie, durch welche Türen ging sie, bevor sie in den Schnee hinausstapfte? Ich male mir Kammern aus, Felder, einen Tisch, einen Ofen, eine Küche. Ich baue meine Vorstellung im Kopf wie ein Bild auf der Leinwand. Ich trage einen Grund auf und Linien, ich trage sie wieder ab, wieder auf, ich korrigiere, ohne zu wissen, was richtig oder falsch ist, ich korrigiere und feile an einer Illusion.

Da reißt die Leinwand in meinem Kopf. Ihr Tuch ist schwach. Das Bild eine Falle. Ich schaue es an, es ist gezimmert. Es ist ohne Gedächtnis. Es liegt einem Modell auf, das ich so oder anders schmücke, ich imaginiere und simuliere, ich phantasiere. Aber ich glaube den Bildern nicht. Ich glaube mir nicht. Ich weiß, manchmal bin ich mir im Schwindeln am nächsten und erkenne mich im Lügen, finde mich im Täuschen wieder, das Sätze baut. Ich kann sie zu einem Tarnkleid stricken und kann es nähen ohne Naht. Kann sie klöppeln oder klopfen, sie tönen hell, wenn ich klar sein, und dunkel, wenn ich verborgen bleiben möchte. Ich kann Sätze um eine Wahrheit kreisen lassen, die ich nicht kenne, oder um eine, die ich meide. Ich kann schreiben, ich kann lügen.

Ich kann keine Bilder und Geschichten um meine Mutter herum züchten. Ich kann sie nicht entwerfen, als wären sie nichts anderes als mein Wissen in der Verlängerung um die Ecke, hinter die ich nicht sehe, als kämen sie aus einer Welt, die ich kenne und die im Handumdrehen meine wäre. Es hilft nichts. Ich muss die Orte *sehen*, wo meine Mutter eine Dirn war. Ich muss sie vor Augen haben, um mir auszudenken, was sie gewesen sein könnten.

Ich fahre ins Tal, aus dem sie kam. Es ist Morgen und es liegt Schnee. An manchen Stellen nur fleckenweise, sonst überall Schnee. Auf den Wiesen, den Dörfern, den Wäldern, den Äckern mit ihren Buckeln im Frost. Felder glitzern, auch Gipfel mitten im blauen Himmel. Ich schaue auf die Gipfel, ich schaue auf das Glitzern, ich schaue auf die Anzeige für Benzin, ich sehe den Zeiger zur Neige hin gehen und weiß, ich will nicht tanken. Mir graut vor dem Self-Service der Zapfsäule. Mir graut vor Tankstellen und ihren Automaten, vor denen ich jedes Mal wie vor einem Polizisten stehe und entschieden die falschen Tasten drücke. Ich will nicht dessen Anweisung lesen und die Schritte befolgen, als wäre ich ein abgerichteter Hund. Aber regelmäßig zwingt er mich in die Knie. Sonst gibt er mir kein Benzin. Also führe ich seine Anweisung aus, ich lese, warte, wähle, um endlich den Zapfhahn zu ziehen, ihn in die Tanköffnung zu stecken und abzudrücken. Als würde ich jeden Tag an einer Zapfsäule lehnen, tanke ich dann einhändig und bohre den Stöckel in den Boden.

Ich sollte tanken, ich tue es nicht. Ich fahre weiter.

Der Verkehr wird dichter, das Tempo stockt, gerade zogen noch Bäume vorüber, Wiesen, Schilder. Häuser flogen. Kirchtürme fielen. Zäune liefen und Straßen flossen samt der Gischt der Markierungslinien. Nun steht der Verkehr und nichts geht weiter. Kein Baum und kein Schild bewegt sich mehr, und die Wiesen bleiben liegen. Ich klebe dicht an einem Volvo. Ich stecke fest. Ich starre auf die Felder hinter der Leitplanke, schaue auf den Volvo vor mir, schaue, was passiert, wenn nichts passiert, außer, dass so gut wie nichts passiert.

Jemand steigt aus dem Auto aus, jemand geht die Straße entlang, einer fährt aus der Kolonne und dreht um. Eine zieht den Kragen hoch, schaltet das Radio lauter, einer flucht, eine gähnt, und die Frau am Beifahrersitz im Volvo legt ihre Beine aufs Armaturenbrett und klopft mit den Zehen an die Scheibe. Irgendwo, was nicht hier ist, wird einer Münzen in den Flipper werfen, irgendwo eine ihre Katze streicheln und einer seine Frau verprügeln, jemand seinen Gürtel enger ziehen und sich durch die Haare streichen. Irgendwo wird ein Kind gezeugt, ein Rind geschlachtet, ein Krieg angeführt und irgendwo da vorne ist etwas passiert, während ich auf die grauen Felder starre und an gar nichts denke.

Jeder ist einer, der etwas getan haben wird, wenn etwas geschieht, von dem er noch nichts weiß. Sobald er es weiß, schickt er sich an, sich zu erinnern, was es gewesen war. Ich werde auf die Felder geschaut haben, wenn da vorne möglicherweise etwas passiert ist, von dem ich erst später erfahre. Ich war im Wald, als die Zwillingstürme einstürzten, und als die Mauer in Berlin fiel, las ich

Alte Meister. Als Lady Di in den Tunnel fuhr, stillte ich meinen Sohn unter den Zwetschgenbäumen, und als Nixon in Colorado Springs eine Rede zum Militäreinsatz in Vietnam hielt, brachte meine Mutter das Mädchen zur Welt, das jetzt auf dem Weg zu ihrem Zuhause im Stau steht. Aber als ich durch die Gassen nachts ging, wusste ich nicht, was geschah, außer, dass ich nachts allein durch die Gassen ging wie noch irgendwo einer.

Die Autoscheibe ist trüb. Im Radio laufen die Nachrichten, der Verkehrsbericht und die Wettervorhersage. Im Auto wird es kalt, im Auto vor mir das Paar. Ihre Beine auf dem Armaturenbrett, ihre Haare ein Dutt, ihre Arme in der Luft, sie schlagen um Worte herum, die ich nicht höre, sie werfen sich hoch, sie legen sich nieder, sie heben sich wieder, die Hände greifen ins Haar, sie lösen den Dutt und die Haare fliegen. Nur vom Mann kommt keine Regung. Er sitzt bloß da, hat einen Kopf wie ein hohes Quadrat und auf dem Quadrat keine Haare. Es sagt vielleicht nichts oder nickt, klopft auf das Steuer oder nicht einmal das. Vielleicht ist er eine Mumie.

Ich kriege kalte Füße, starre Zehen, ich möchte die Beine einziehen, die Schuhe ausziehen oder gar die Füße, möchte sie verpacken oder gleich backen und die Zehen in einen Ofen stecken. Meine Mutter würde mich auslachen in meinen Stöckelschuhen, mit denen man durch Straßen und über Plätze geht, auf Asphalt und Pflaster, aber nicht in den Schnee. Sie wusste, wie man Schuhe trägt und wann welches Paar. Einmal sah ich sie in neuen Sandalen mit schmalen Riemen um ihre Fesseln und einem Absatz, der ein helles Klick-Klack machte. Sie tippelte darin durch die Zimmer, fand den richtigen Schritt zu den zierlichen Sandalen. „Du hast neue Schuhe“, sagte ich entzückt. Sie schaute mich an: „Das sind doch keine Schuhe“, meinte sie, „das sind Sandalen.“ Für Mutter waren Sandalen keine Schuhe. Schuhe waren wie Schäferhunde, die auf Schritte aufpassen wie auf eine Herde. Sandalen nur flattrige, fröhliche Wesen. Im Regal stehen immer noch die Schuhe meiner Mutter. Mein Vater kriegt es nicht hin, sie zu entsorgen.

Im April, wenige Wochen bevor sie starb, kaufte sie blaue Halbschuhe aus geflochtenem Leder mit Stöckeln, die klick-klack machten. Im hellen Klick-Klack klackte sie vom Wohnzimmer ins Esszimmer und in die Küche, auf den Balkon, in den Garten, stieg in das Auto und ging ins Spital, saß in den Klick-Klack-Schuhen auf dem Wartestuhl, hielt ihre Tasche und nahm keine Zeitung vom Tischchen. Sie hatte fest vorgehabt, in den blauen Halbschuhen durch den Sommer zu gehen.

Sie hätte recht gehabt. Ich steige neben der Kirche aus dem Auto und noch ehe ich drei Schritte mache, liege ich auf dem Boden. Mein Steißbein hallt durch den ganzen Körper. Ich höre es von innen, eine dröhnende Stange. Ich fluche. Dann krabble ich zum Kofferraum und steige in die Bergschuhe, schnüre den Mantel fester und schlage den Weg ein, der zwischen Gasthaus und Stadel auf den Nordhang führt. Dort steht der Hof.

Nach einer Viertelstunde bin ich da. Der Hof liegt oberhalb vom Weg. Er steht da in einer Wucht, obwohl er nicht groß ist. Er steckt fest im Boden und weist mich ab. Daneben ein Holunderbusch, ein Zaun, ein Abhang zum Graben. Ich denke die Brennnesseln dazu, die im Sommer hier wuchern. Jetzt steht der Holunderstrauch ohne Blüten und ohne Beeren mitten im Schnee. Ich gehe weiter, lasse den Hof links liegen, gehe über die Brücke, die über den Graben führt, stehe auf einem anderen Grund.

Ich könnte im Kreis laufen wie im Kreis denken. Warum bin ich noch nie auf dem Hof gewesen? Halbe Sommer habe ich bei meiner Großmutter unten am Bach verbracht. Ich ging mit ihr in den Hühnerstall Eier ausheben und zum Hof auf der anderen Talseite um Milch. Das war da unten im Häuschen neben dem Bach. Direkt am Häuschen unter dem Hühnerstall lag ihr Garten und am Zaun wuchs der große, blaue Flieder. Im Garten hatte meine Großmutter Salat, Karotten, Kohl,

Rüben und Wühlmäuse. Die Wühlmäuse waren ihre Plage. Täglich berichtete sie darüber und wöchentlich zählte sie ab, wie viele sie in ihren zuschnappenden Fallen eingefangen hatte. Die gefangenen warf sie in die blecherne Regentonne und jätete weiter Unkraut auf den Knien. Wenn sie fertig gejätet hatte, ging sie mit dem Unkraut und den toten Wühlmäusen über die Straße und warf beides in den Bach. Ich war mit ihr im Garten und aß Karotten. Ich ging mit ihr über die Straße und um Milch, in den Wald um Beeren und in den Laden um weiße *Weggen*. Warum ging ich nie zum Hof hinauf, wo meine Mutter aufgewachsen war? Der Hof war mir fremd und so fern, als ob es ihn für meine Sommer nicht und für meine Mutter nie gegeben hätte.

Ich kehre um, gehe zurück über die Brücke über dem Graben, ich stehe vor dem Hof.

Ich sehe die Bank, auf der sie gesessen hat, das Haustor, die Steinplatten aus Granit davor, die Holzschwelle, über die sie gegangen ist, das Kreuz mit dem Gekreuzigten darüber. Ich stehe beim Holunderbäumchen ohne Beeren, stehe im Schnee und tipple am Rand der Wiese. Ich zögere. Was will ich denn, was tue ich hier?

Man hat mir gesagt, dass zwei Männer hier ohne Wasser leben. Einer sei so jung wie mein Sohn, der andere etwa so alt wie ich. Ich kenne ihn von früher, als ich bei meiner Großmutter Karotten aß. Er mahlte mit den Zähnen, bis es im Schädel knirschte. Seit er auf der Welt ist, ist er das Peterle. Er ist behindert. Er war oft grimmig und schimpfte. Oft fiel er mit der Tür in die Küche herein und fragte um eine Schokolade. Einmal fiel er in den Bach und jemand zog ihn wieder heraus an der Krümmung, wo Äste von Erlen ins Wasser hingen. Dann stand er triefnass am Ufer, schüttelte sich wie ein Hund das Wasser aus dem Fell und ging weiter.

Ich klopfe an die Haustür, es antwortet keiner. Ich klopfe noch einmal. Ich drücke die Klinke, die Tür geht auf und ich rufe in eine Dunkelheit hinein. Ich trete in den Gang aus alten Brettern, rufe noch einmal. Mein Atem wird leise. Ich werde still. Hier lebte meine Mutter? Hier war es?

Durch eine Tür dringen Fernsehstimmen dumpf in die Diele. Ich klopfe und öffne sie vorsichtig. Sie führt in die Stube, in der müde die Nachmittagssonne liegt. Zwischen zwei Fenstern flimmert ein Bildschirm, halbbedeckte Frauen laufen darüber. Daneben Geweihe von Gämsen, vielleicht sind es Rehböcke oder ist es ein Kitz, ich kenne den Unterschied nicht. Vielleicht sind es Hirsche und sie röhren über den Bildschirm. In der Ecke ein altes Radio, eine Kerze, ein Tuch mit einem Buddha im Getäfel. Ich beeile mich, alles zu sehen und alles zu erfassen, möglichst schnell wieder zu verschwinden.

Plötzlich erschrecke ich. Da oben, auf der Brücke über dem warmen Ofen, liegt einer auf dem Bauch und schaut auf mich herunter. Er verdreht die Augen und lässt den Mund sperrangelweit offen. Er sagt kein Wort, aber ich erkenne das Peterle wieder. Grau und dicht sind seine langen Haare, Baumbart, meine ich, wächst ihm aus dem Kopf und über das ganze Gesicht. Ich stammle, sage etwas von früher, sage etwas vom Wetter. Peterle zuckt mit den Lidern, tropft vom Mund heraus und wackelt mit dem Kopf, als müsse er sich überzeugen, ob gerade Tag oder Nacht ist oder ob etwa eine aus der Fernsehscheibe heraus in die Stube hereingestiegen ist. Dann fällt er zurück ins Kissen. Ich bin ihm so egal wie das Wetter, von dem ich stammle. Ich bin ihm so egal, dass er sich nicht einmal darüber wundert, dass mitten am Nachmittag eine mitten in der Stube vor ihm steht, von der er kein Wort versteht. Er wirft sich wie eine Robbe auf die andere Seite. Schläft weiter in der Wärme auf der Ofenbrücke, während über den Bildschirm Frauen flirren und im Getäfel Hirschgeweihe und ein Buddha-Plakat hängen.

Ich gehe auf den Flur hinaus und ziehe die Tür hinter mir zu. Am liebsten würde ich das Haus auf der Stelle verlassen, ins Auto steigen, die Musik einschalten und einen Kaugummi aus dem Fenster spucken. Aus dem Tal hinaus und auf die Autobahn fahren, dahingleiten und auf die schiefe Bahn der Gedanken kommen, die mich immer richtig führen. Um die Häuser ziehen, einen dummen Witz hören, blaues Flimmern hinter Fenstern, Menschen reden, rauchen, Wäsche aufhängen sehen. Aber ich kann jetzt nicht zurück zum Auto gehen. Ich muss noch in die Räume hinein, wo Mutter Kind und Dirn war.

Ich muss sie genau und richtig sehen. Nichts darf mir entkommen. Sonst könnte es sein, dass sie mir wieder entschlüpft, meine Mutter, ohne etwas zu sagen.

Mit der Kamera auf dem Handy halte ich fest, was meinem Blick verloren gehen könnte. Ich schaue in den dunklen Gang, ich schaue an der Wand entlang in die finstere Tiefe. Ich sehe Mutters Zeit vor langer Zeit, die enge Treppe, die sie zur Kammer hochgestiegen ist, den Bretterboden, der schwer knarzt, wenn ich darübergehe, eine Truhe, eine Kommode. Ich sehe die Diele, deren Decke so schwarz und niedrig ist, dass ich den Kopf einziehe. Ich sehe den Winkel in der winzigen Kammer, in dem einmal ihr Bett gestanden hat und wo der Wind immer noch durch die Ritzen der Balken fegt.

Ich sehe die Küche, in die ich vom Flur über zwei Stufen hinuntersteige, das Gewölbe, den Herd, die Nischen. Kellen sind da und Pfannen an der Wand, Kalender und Kabel, die zu einer schummrigen Lampe führen. Ich sehe den Herrgottswinkel in der Stube, sehe Fenster und die Bank, die um den Raum herumläuft, als würde sie um eine Vergangenheit huschen. Ich sehe die Türen aus Holz, die keine Klinken, sondern Riegel haben und so klein sind, als dürften sie gar nicht aufgemacht werden. Ich sehe den Kamin, ich sehe alte Lichtschalter, Bilder. Es ist fast alles noch da, wie es gewesen sein muss oder gewesen sein könnte, als Mutter hier Kind gewesen ist.

Die Zaunlatten, der Gemüsegarten, das Häuschen mit dem Wassertrog davor. Die Steine, auf denen die Hausmauern krächzen. Ich sehe den Riss an der Mauer, der am Küchenfenster vorbeizieht und die Fassade langsam auseinanderreißt und mit ihr das dunkle und dumpfe, dieses stumpf in sich ruhende Haus. Es soll auseinanderfallen. Es soll auseinanderklieben, einbrechen und einsinken, bis nichts mehr davon übrig bleibt. Ich will dieses Haus verschwinden sehen.

Als ich mich auf den Rückweg mache, setzt Dämmerung ein. Ich trinke noch Kaffee an einer Raststätte und als ich weiterfahre, das Auto durch Bremslichter hindurchschleuse, ist es dunkel. Ich muss aufpassen. Meine Schweinwerfer sind schwach. Und meine Gedanken laufen. Sie rennen dahin zurück, wo ich war.

Wo ich war: Habe ich etwas von Mutter gesehen? Was konnte ich überhaupt gesehen haben? Ich war gerade mal eine Stunde auf dem Hof, auf dem sie viele Jahre gelebt hatte. Wie ein Einbrecher stieg ich in ein fremdes Haus. Ich spähte es aus wie ein Raubvogel. Was kann ich gesehen haben von dem Stück Leben, das sie dort verbracht und mir verschwiegen hat?

Sie entschwindet mir in den Räumen, in denen ich gestanden habe. Und was ich bisher glaubte, stimmt nicht mehr. Sie wollte mich glauben machen, dass sie auf dem Hof ein Kind gewesen war, das Lieder gesungen und Gedichte gegen die Kälte aufgesagt hatte. Sie wollte mich glauben machen, dass sie gut aufgehoben, weil zu Hause zu wenig zum Essen für alle da gewesen war. Sie wollte, dass ich das glaube und vom Rest nichts weiß. Ich sollte von ihrer Kindheit nichts als ein paar eingefrorene Bilder kennen. Ich sollte meinen, sie habe es gut gehabt. Es stimmt nicht. Nichts war gut auf dem Hof da oben. Es war düster. Ich tappe im Dunkeln und lauter Lücken liegen vor mir, die so dunkel sind wie die Kammer meiner Mutter.

Es ist spät, als ich daheim ankomme. Ich trinke ein Glas Wasser, lege mich auf die Couch und zappe durch die Kanäle, bis ich einen alten Thriller finde, den ich mir ansehe, um meine Gedanken einzuschläfern. Größere Probleme als mich wirst du in deinem Leben nie bekommen, sagt Robert

De Niro zu Al Pacino. Als ich aufwache, ist es viertel vor zwei. Der Fernseher läuft, ich schalte ihn aus und gehe ins Bett.

Am Morgen gibt es keinen Schnee mehr, keinen Hof, der Himmel ist offen. Noch ehe ich auf den Beinen bin, sticht mir ein Schmerz in den Rücken. Er sticht über die Wirbelsäule in die Lenden hinein. Ich schiebe mich in die Küche vor, koche ächzend Kaffee und frühstücke im Stehen, nahezu reglos über die Anrichte gebeugt, vom Hexenschuss geknickt wie ein auf den Kopf gestelltes L. Al Pacino hat mir ins Kreuz geschossen.

Ich wickle mich in warme Wäsche, ich hole das Nudelholz aus der Küchenlade und binde ein Geschirrtuch darum herum. Dann lege ich mich auf den Fußboden, rolle meinen Rücken über die Rolle, ich walze ihn aus und lege ihn nach und nach auseinander. Ich ziehe ihn über den Teppich, über das Parkett, ich drücke ihn in die Ecken vom Zimmer und biege ihn die Wände bis in die vier Ecken der Decke hoch. Ich rolle meinen Rücken aus, ich lege den Raum damit aus, in dem ich schreibe, ich presse den Schmerz hinaus, der in mir feststeckt wie ein eingerammter Pflock. Ich werde ihn auseinandernehmen, bis er hingestreckt daliegt.

Noch aber sitzt er mir fest im Rücken. Ich bewege mich vorsichtig, drehe mich langsam wie eine Kröte, damit ich keinen Stich in die unteren Wirbel abkriege und schreie. Ich stelle mich verrenkt unter die Dusche, vor den Spiegel, ich rücke mich verkrümmt von einem Raum in den nächsten. Ich komme bis zum Schreibtisch vor, setze mich in Zeitlupe in den Stuhl und atme erschöpft aus. Dann fahre ich den Computer hoch. Also: Was weiß ich? Was weiß ich nicht?

Ich habe Brocken und Brüche von Erzählungen, ich habe Erinnerungen, ich habe Fotos, die Fotos meiner Tante und die auf meinem Handy. Bilder, die wie Kinder nicht stillhalten können, die ausbüxen wollen und alles, was sie sind und haben, mit sich nehmen. Ich habe die Erzählungen, die Fotos, einige Zeitungsausschnitte, einige Bücher. Das ist das Material, das ich habe. Es liegt aufgestaut da, gestapelt vor meinem inneren Auge, und ich erkenne den Raum nicht, in dem ich es ordnen könnte. Angesammelt und nebeneinandergelegt auf meinem Tisch, angelegt in beinahe leeren Dateien, geht es mir im Aufräumen einmal mehr verloren. Ich müsste es nach einem Prinzip zusammenfügen, müsste eine Systematik haben, eine Methode, ein Ziel ins Auge fassen, nach dem ich etwas verfolge. Nichts davon habe ich. Aber den Schmerz, der mich aufjagt und vor sich hertreibt. Er scheucht mich vor die Haustür und peitscht mich gebuckelt durch den Garten.

Irgendwo muss ich anfangen. Ich könnte schreiben: Meine Mutter kam ohne Gepäck auf den Hof und blieb dort viele Jahre. Das ist richtig, das stimmt. Und sie hatte Heimweh. Dann wäre ihr Heimweh der Ausgangspunkt meines Ordnens. Das Heimweh ihr Schmerz- und mein Ausgangspunkt. Wie kann ich das aber behaupten? Rücke ich es mir zurecht? Verknüpfe ich nach Willkür? Ich könnte das Davor suchen, die Zeit vor dem Hof. Ich könnte das Davor und das Danach aufspannen und das Ereignis finden, das die Zeit ihrer Kindheit scheitelt. Ich müsste es suchen.

Ich stehe vor jedem Anfang, tappe nach einem Einstieg in Mutters Geschichte. Sie macht dicht von allen Seiten, macht die Tür hinter sich zu, als könnte sie sich wieder verschließen, könnte abschließen und alles wäre getan für ein Ende. Ich stemme einen Fuß dazwischen, klemme ihn zwischen Mutters sich auflösende Geschichte und mich. So kommt sie mir nicht davon. Sie darf jetzt nicht ins Unhaltbare verschwinden, meine still herrschende Mutter. Nicht vor jedem Anfang mit dem Ende lauern, wie ich es schon kenne.

Vor mir liegen die Fotos, die ich habe, Archivfotos der Familie meiner Mutter aus dem Tal. Ich greife nach dem großen Schwarz-Weiß-Bild auf meinem Schreibtisch. Damit fange ich an.

Es ist aus dem Jahr 1935, aufgenommen zum Anlass des 50-jährigen Hochzeitsjubiläums der Eltern meines Großvaters. Es zeigt drei Generationen einer Familie. Die Familie ist ein Leib. Junge, Alte, Männer, Frauen, Greise, Säuglinge. Alle zusammengeballt zu einem großen Ganzen und das große Ganze aufgestapelt wie ein Holzmeiler vor dem Haus. Ein einziger Griff, meint man, könnte ihn zum Einsturz bringen. In der vordersten Reihe dicht aneinander Kinder am Boden, gleich dahinter ein alter Mann und Frauen auf Stühlen, die man nicht sieht hinter den vor der Haustür aufgetürmten Menschen; allmählich geht es auf stehende Figuren über, dazwischen Kinder, die auf einem Arm gehalten werden oder eingeklemmt zwischen einer Schürze und einer Schulter stecken. Frauen mit streng gekämmtem Haar, Männer mit Schnurrbärten und dicken Joppen, dazwischen wieder Kinder. Ich zähle die Köpfe, verzähle mich, zähle noch einmal, ich komme auf 59. Auf der rechten Seite neben einem Jungen mit zerknautschtem Gesicht erkenne ich den Wassertrog vor dem Hof wieder, auf dem ich gestern war, und hinter den Köpfen der letzten Reihe zieht sich ein Holzbalkon über die gesamte obere Länge des Bildes. An der linken Seite ist noch ein Stück Zaun zu erkennen, auf den einer seinen Arm lehnt. Sonst fällt nichts aus der Umgebung ins Bild herein. Es gibt nur dieses große Ganze einer Familie, das nichts anderes sein will als ein festes Gefüge und nichts anderes zu sein hat als eben nur das. In der Mitte Bauer und Bäuerin. Sie tragen als Einzige einen Hut. Auf dem der Bäuerin sind Blumen aufgesteckt und unter dem des Bauern quillt wuchernd eine weiße Haarmähne hervor, die den Hut wie einen Heiligenschein nach hinten schiebt, als würde ihn der Alte nicht mehr brauchen. Neben ihm seine Frau. Ihr steht eine Nase wie ein langer Strich im Gesicht. Ein zahnloses Gebiss zurrt ihren Mund zu einem Punkt unter der Nase zusammen. Ich denke, ein Raubvogel. Statuenhaft sitzen die beiden da, Pharaonen oder Wächter eines gefährdeten Reichs. Der Junge am Wassertrog schneidet noch eine Grimasse, kneift die Augen zusammen, als würde er sich blödelnd aus der Geschichte herausnehmen. Sonst gibt es kaum eine Regung. Alle schauen wie eingefroren in den Augenblick hinein, in dem ihnen an einem Sonntag im Sommer ein Fotoapparat ins Gesicht schießt. Eine ist dürr, viele stramm, zwei verschränken die Arme, einer versteckt beide. Einer fällt ein Auge zu, ein anderes ist glasig, einer trägt Brille. Das ist mein Großvater rechts oben in der letzten Reihe. Ihn erkenne ich wieder. Sonst kenne ich niemanden.

Ich habe das Foto von der Schwester meiner Mutter, die ich besuchte. Ich hatte es schon früher einmal gesehen, als sie mit meiner Mutter darübergebeugt war und die beiden mich wie einen Fremdling, der nicht stören durfte, zur Seite schoben. Damals habe ich nicht weiter gefragt. Als ich kürzlich bei ihr war, wollte ich alles wissen.

„Das hier sind die Alten und der hier der junge Bauer, der den Hof übernommen hat, der ältere Bruder deines Großvaters.“ Meine Tante zeigte auf den Mann am Zaun. Er steht schneidig in weißem Hemd und enger Weste hinter einer Frau, der die Stirn über die Augen rutscht, bald wird sie sich wie eine Erdplatte über das ganze Gesicht schieben. Die Frau hat schmale Schultern, ein Gewand schnürt sie ein bis unters Kinn. „Das ist die junge Bäuerin. Die hatte es an den Nerven. Der Bauer starb früh, und da war sie mit den Kindern allein auf dem Hof. Sie wurde nur noch böse. Eine harte Frau, die jeder fürchtete.“

Als meine Mutter mit acht auf den Hof kam, kam sie zur Bäuerin, die es an den Nerven hatte. Was immer das heißt, ich weiß es nicht, aber die Bäuerin war böse und meine Mutter ein Kind, das zu ihr als Dirn auf den Hof kam.

Den Hof bekam der ältere Bruder meines Großvaters, nachdem ein anderer im Ersten Weltkrieg gefallen war. Dann gab es noch eine ganze Schar Schwestern, sagte meine Tante, elf, um genau zu sein, einige fehlen auf dem Bild. „Da oben die Notburga, sie war sehr schön, eine Eleganz im Tal, aber sehr früh verstorben. Die hier am Rand war eine Ledige, die der alte Bauer auswärts gemacht hatte, aber in seiner Obhut hielt. Hier die Katharina und die Zenze, die Zwillinge, und da oben die Agnes, die spätere Winklerin, und unten die Anna. Die hat den Pichler geheiratet, den Bauern auf der Talseite gegenüber. Als sie starb, heiratete der Pichler ihre Schwester, das ist die da oben." Die da oben schaut als Einzige nicht in die Kamera und hat ein Gesicht, sauer wie eine Essiggurke. „Beim Pichler kam später unsere Familie unter, ein paar Jahre, bis der Pichler ein Nazi wurde und unsere Mutter nicht mehr bleiben wollte."

Beim Pichler fängt die Geschichte meiner Mutter an. Dort ist sie als drittes Kind im April 1940, im zweiten Kriegsjahr, geboren. Die Welt, in die sie hineingeboren wurde, war arm, klein und niedrig, sodass man sich in der Kammer, in der Mutter in die Welt gepresst wurde, bücken musste, und das Licht, das sie erblickte, recht ausgebleicht darin hauste. Ihre Mutter, meine klapperdürre Großmutter mit den holzigen Händen und den unsteten Beinen, die ununterbrochen in Bewegung waren wie eine auf- und zuklappende Schere, trug den Bauch, in dem meine Mutter lag, wie eine große Milchkanne, die ihre Hüften und ihr Becken hielten, weil sie Arme und Hände für die Arbeit brauchte, für die sie ja da war, meine zähe, furcht- und illusionslose Großmutter. Der große Bauch und diese runder und praller werdende Frucht, die der Bauch trug, waren beinahe ungewohnt für den Körper, der immer nur windig durch die Welt gehuscht war, sodass die Hoffnung, in der meine Großmutter für neun Monate war, sich so ausgeborgt anfühlte wie für den Menschen die Erde, auf der er immer nur Gast war.

Als sie niederkam, lag noch Schnee vor dem Haus und auf den Wiesen. Kein Anzeichen von einem beginnenden Frühling. Der Wind war noch kalt und knallte gegen Mauern und Wände, nur das Licht am Tag blieb länger und wurde langsam stark. Bald war es warm in der Kammer, in die sich Großmutter zurückgezogen hatte, und sie dampfte vom Schweiß und dem ringenden Leib, der aufbrach wie Brot und meine Mutter in Blut und den auf- und niedersteigenden Wellen in die Welt hinausschob. Dann war sie da, meine neugeborene Mutter, lag schleimig auf dem nassen Linnen und schrie oder schrie nicht und der Körper meiner Großmutter stieß die Nachgeburt aus, schwarz wie eine kranke Leber, und ging wieder zu. Großmutter drückte das Mädchen an sich, vielleicht weinte sie, legte ihre großen Hände um das Köpfchen, dann ließ sie das Hühnchen ausgraben, das sie im Schnee für eine Suppe im

Wochenbett eingefroren hatte, damit sie für das neue Kind bei Kräften blieb.

Ich folge wieder meiner Tante, die auch schon auf eine nächste Figur zeigt, auf eine Frau mit dichtem Haar und hohen Backenknochen, sie könnte eine Indianerin sein. „Das hier ist die älteste Schwester deines Großvaters, Maria, und daneben ihr Mann, der Kaser Motz. Der Motz war im Lager, weil die Söhne desertiert waren und sich im Wald versteckt hatten. Das sind die zwei hier in der letzten Reihe, und hier ist die Martha, deren jüngste Schwester, die später ins Kloster ging. Der Kaser Motz mochte deine Mutter. Er saß mit ihr auf der Bank vor dem Haus und erklärte ihr den Mond, der eine Sichel war, weil der Michel den Mond zerschlagen hatte." Meine Tante lachte. So musste es wohl gewesen sein, als der Erzengel Michel mit dem Drachen um den Platz im Himmel kämpfte. Der Drache fiel zur Erde und dem Mond fiel ein Stück seiner Kugel ab.

In meinem Kopf schwirren all die Namen und Toten, flimmern Gesichter unter dem Gewicht von Stirnen und Blicken, Gesichter mit zusammengekniffenen Lippen unter hochgesteckten Zöpfen, Gesichter mit kurzen und den langen Nasen, die ich an mir wiedererkenne, Menschen in Schürzen und Strümpfen unter einem Wust an Röcken, Tanten, die früh starben, und andere, die es an den

Nerven hatten, das Reden über die Nerven und die Logik zwischen dem Michel und dem Mond, die Worte, die einer sagte und die es schon lange nicht mehr gibt, wie es auch die Stimmen nicht mehr gibt und die Körper nicht, die ein kurzes oder langes Leben lang hielten, die Gedanken, Gespräche und Gefühle, die jemand hatte und die ich nie sehe, lese oder höre, die Geschichten, die in dem Haufen vor mir auf- und untergehen. Ich weiß nicht, ob ich sie im Kopf behalten und wie ich sie halten kann. Vielleicht gehen sie auch nur mehr in eine Masse ein, von der es noch heißt, das waren die Brugger. Einmal, weiß ich, wird es auch das nicht mehr geben.

Mein Großvater war der Zweitgeborene, also ohne Besitz und Erbe. Er wurde im selben Jahr geboren, in dem Tolstoi *Auferstehung* zu Ende schrieb. Das fiel mir auf, als ich kürzlich die letzte Seite des Romans las, der mit dem 16. Dezember 1899 schließt. Da war mein Großvater ein halbes Jahr alt und Lew Tolstoi 71. Tolstoi, der für mich so weit zurückliegt wie Leibeigenschaft, endloser Schnee und Tee im Salon, und mein Großvater, der mir Minzbonbons geschenkt und mich nachts mit der Taschenlampe zum Plumpsklo begleitet hat. Tolstoi und mein Großvater, verknüpft durch das Jahr 1899.

Mein Großvater war Knecht auf dem Hof seines Bruders. Als der starb, übernahm mein Großvater zu einem Großteil dessen Arbeit, damit ein Mann auf dem Hof nach dem Rechten schaute. Mein Großvater hatte geschickte Hände, hieß es, er war für die Körbe bekannt, die er flocht, für die Feinarbeit bei Werkzeugreparaturen und für die erste Materialbahn im Dorf. Er tüftelte an Maschinen herum. Er kannte mathematische Formeln. Er berechnete Zugkraft und Gewichtslast der Walze. Nach der Heirat zu Lichtmess zog er mit meiner Großmutter beim Pichler, seinem Schwager, ein, wo er für seine Familie zwei Kammern bekam.

Der Hof vom Pichler war groß, er stand so mächtig im Hang wie der Dekan bei der Prozession in seiner Soutane. Dem platzte fast das Kinn aus dem Kollar, wenn er die Monstranz in den Himmel hob. Ich sehe das auf einem Foto. Unter dem blauen Himmel gibt es den Himmel über dem feisten Dekan und dem gewandbehangenen Pfarrer, eine Dachkonstruktion, die Ministranten wackelnd tragen. Neben dem Pfarrer im Talar schimmert der Umhang des Dekans, sein Kopf schaut daraus hervor wie eine Kröte. Wenn der Dekan ins Dorf kam, schwitzte der Himmel, der, der allen gehörte und den keiner trug. Die Menschen standen darunter mit gesenkten Köpfen, falteten ihre Hände, als krachten bald die Knochen. Zog der Dekan ab, fing einer wieder an, an einem Sauerampfer zu kauen, ein anderer pfiff ein Lied oder man warf sich mit den Stärksten und Schneidigsten zu Boden. Man fasste sich gegenseitig am Gürtel, lupfte sich auf und rangelte sich nieder, stemmte sein Knie auf den anderen, bis der aufgab und einer wurde Sieger. Mein Großvater gehörte nie zu ihnen. Er trug eine Taschenuhr und im Hosensack einen Rosenkranz. Die Perlen vom Rosenkranz gingen regelmäßig durch seine Finger, wenn er für die Sünden der Welt und für die eigenen Buße tat. Das Beten lag in seinem Körper wie der Rosenkranz in seiner Tasche. Es rollte in ihm, lief wie ein innerstes Zahnrad. Darüber vergaß mein Großvater oft das Sprechen und oft auch das Fragen. Es kam ihm einfach nicht in den Sinn, während andere um ihn herum redeten oder lachten oder wenn sich meine Großmutter Sorgen machte. Mein Großvater watete in seinem Beten und niemand zog ihn heraus.

Als Kind schlief ich im Sommer in der Kammer bei ihm, er auf einem Holzbrett, ich unter einem schweren Federbett. Ich hörte ihn murmeln. Ich hörte sein Murmeln im wiegenden Takt. Bald sah ich ihn am Boden knien, aufgestützt auf dem Bett und den Kopf in den gefalteten Händen. Er wiegte und betete die Gesätze vom Rosenkranz mit den Geheimnissen von Maria und Jesus. Ich schielte zu ihm, und er schien mir bis zu den Knien, die im Holzboden verschwanden, im Beten zu stecken und darin zu versinken. Ich drehte mich zur Wand hin, um den untergehenden Großvater nicht zu sehen, und suchte nach einem Gebet zu Jesus. Doch es fielen mir dauernd die Augen zu. Ich begann mit den ersten Zeilen, und bald versanken sie wie mein Großvater im Boden. Ich begann von Neuem, aber ich kam nie weiter, ich kam zu keinem Gesätz und zu keinem Jesus. Wie sollte ich es bloß schaffen, ihn nicht zu verschlafen? Ich kroch unter das schwere Federbett und verschob die Aufgabe auf morgen. Bis dahin konnte der Heiland bei meinem Großvater bleiben.

Als Kind liebte ich Gott aufs Innigste. Ich liebte ihn so sehr, dass ich meinte, meine Liebe müsse sich in meinen Körper einbrennen. Ich trug ein blaues Kleid mit versteckten Taschen in den Seiten. Sein Stoff juckte an den Waden, wenn ich keine Strümpfe trug. In dem blauen Kleid stand ich in der Kirche und wartete auf die Wundmale an meinen Händen. Ich schaute und tastete während der ganzen Messe danach. Ich wartete darauf, dass bald eine Hitze oder wenigstens eine Wärme in Wellen kam. Wenn Gott schon so in mir glühte, dass ich dieses Glühen kaum halten konnte, musste es doch in meinen Körper über- oder eingehen und sich dort einschreiben vom Innigsten oder vom Äußersten her. Es musste doch als Zeichen sichtbar werden, wenn es gleich real war wie mein Kleid oder das Jucken auf den Waden.

Im blauen Kleid hatte ich Gott meine ewige Liebe versprochen. Nichts konnte mich so erfassen wie diese Innigkeit, die sich wie ein Geheimnis anfühlte, das sich nie enthüllte. Es gehörte mir, und es zu hüten war meine dringlichste Aufgabe. Ich verriet sie niemandem. Wer hätte sie auch verstehen können, wenn ich selbst nicht verstand, auf welch unnachgiebige Weise mich Gott und diese Liebe beherrschten, die ewig sein wollten.

Und doch raunte etwas in mir, als ich das Versprechen abgab. Etwas glaubte mir nicht. Etwas nagte. Es schabte. Es war die Angst, dass sich mein Versprechen auflösen könnte, und ich würde Gott einmal aufgeben.

Mit Jesus war es einfacher. Mit ihm konnte ich reden, denn er war nicht wie Gott immer und überall, ihm konnte ich erzählen, was ich getan und erlebt und gedacht hatte, was Gott ja immer schon wusste, der bis in meinen Kopf hineinsah. Mit Jesus sprach ich und hörte nach innen hin, wo ich allein ohne Mutter und Vater und Geschwister war.

Mit Gott fand ich keine Sprache. Wenn ich zu ihm beten sollte, machte ich einen Bogen um ihn herum, als würde ich nicht nur den Mund, sondern auch die Augen verschließen. Ich hätte den Bogen gerne heimlich gemacht, wenn das vor ihm, der überall war, möglich gewesen wäre. Weil es das nicht war, machte ich den Bogen nur leicht, so, wie ein bisschen mogeln oder sich um die Ecke schleichen, indem ich endlose Gebete leierte und dabei an Tausend Dinge dachte. Aber weil Gott auch dieses Mogeln merkte und sah, dass ich mit meinem Beten doch nicht an ihn dachte, musste ich mir etwas anderes erdenken, um nicht von ihm zu weichen. Also redete ich wieder mit Jesus. Er war ja der Gottessohn und also nicht weit weg von seinem allmächtigen Vater. So hoffte ich insgeheim, dass meine Jesussprache doch irgendwie zu Gott gelangen sollte. Aber da hatte mich dieses Insgeheim wieder am Schopf. Denn in ihm steckte schon wieder Gott.

Ich war erledigt von seiner Liebe. Sie war immer schon vor mir da und immer vollkommen, während mein Lieben immer verspätet und zerstückelt blieb. Es blieb mir nichts anderes übrig, als ihn zu lieben für diese bedingungslose Liebe und zu hoffen, dass Jesus bei Gott für mich sprach, wenn der sich über mein Ausweichen vor ihm wunderte, auch wenn es Wunder für ihn keine gab, denn das war er ja selbst, so wie das Geheimnis und alles Geheime. Er, der das Geheimnis war, kannte und ließ mir keines.

Mein Glühen war zum Verzweifeln. Das Gefühl, ganz und gar, so genau gemeint zu sein wie von keinem und keiner und nichts, nur von dieser unvorstellbaren, allmächtigen Größe, erledigte mich. Ich vermochte ihm nichts entgegenzusetzen, es gab nichts, was er nicht schon lange vor mir wusste. Das Gefühl machte mich groß, es machte mich klein, es machte mich schwindlig und gegen den Schwindel stemmte ich das Gebet. So legte ich mein Versprechen ab, mit dem ich Gott oder der Innigkeit oder was weiß ich welchem Glühen die Treue schwor, während ich mir gleichzeitig misstraute.

Ich hatte als Kind, das sich die Wundmale Jesu wünschte, Angst gehabt. Angst, dass ich irgendwann einmal den Glauben verlieren könnte wie ein Taschentuch. Es fällt einem aus der Tasche, ohne dass man es merkt, und ist weg, es ist ja nur ein Wegwerftaschentuch. So leicht, fürchtete ich, könnte man das Höchste verlieren.

Ich liebte meine Großmutter. Sie war spröde und trocken wie Brot, aber nichts und niemand war so gut wie sie. Ich habe sie nie umarmt, weil Umarmen nicht ihre Art war, aber ich kannte ihren Körper, der sich anfühlte wie eine Zaunlatte, sperrig und hart und von einer Ungebrochenheit, in der meine Großmutter in der Welt stand. Ich konnte mich dahinterstellen, ohne dass sie es merkte, und in ihrem Schutz stehen, ohne dass sie sich über mich beugte. Durch das Tun und Machen, in das Großmutter pausenlos verwickelt war, war ich mir ihrer immer sicher.

Großmutters Hände waren Schaufeln. Sie waren das Größte ihres kleinen Körpers. Blitzschnell ließen sie an den Sommerabenden die Beeren, die sie im Wald gesammelt hatten, über den Tisch rollen, zupften die klebrigen Blätter aus und verrührten die Beeren tags darauf zu Marmelade. Aber einen Blechteller davon schoben sie uns Kindern zu und es gab nichts Himmlischeres als die gezuckerten Schwarzbeeren im Blechteller aus Großmutters Händen. Am Samstagvormittag kneteten sie einen Teig, walzten ihn aus zu hauchdünnen Scheiben, die sie mit dem zackigen Rad schnitten, mit einer Kraut- oder Mohnfülle belegten und an den Rändern fest zusammendrückten, bevor die Krapfen im heißen Öl backten. Das alles geschah so behände wie von selbst. Auch als sie schon alt und bucklig war, tat meine Großmutter alles, was zu tun war, flink und ohne zu zögern. Sie huschte und ehe man sich's versah, war alles getan, und was getan werden könnte, geschah auch noch. Nur wenn sie Radio hörte oder die Zeitung las, gab ihr dürrer Körper Ruhe. Aber ihre wässrigen Augen blitzten und sie schüttelte ihren Kopf wie über eine Katastrophe, wenn sie sich über eine Nachricht aufregte.

Großmutter kam aus einer Familie, die auseinanderbrach, als ihr Vater starb. Er hatte den kleinen Hof, der im Schatten lag, verkaufen müssen, weil er die Schulden, die er mitgeerbt hatte, nicht abzahlen konnte. Er hatte es noch versucht, aber es war nichts mehr zu machen, der Hof war weg. Von da an zog die Familie von einem Bauern zum nächsten, zog ein und bald wieder aus. Immer auf der Suche nach einer Bleibe und Arbeit, wurde sie mehr geduldet als aufgenommen, mehr weggetrieben als gehalten. Wurde sie nicht gebraucht, war sie unnütz und zog weiter, fiel von da nach dort und war nirgends zu Hause.

Eines Tages stürzte Großmutters Vater in den Bach. Dazu finde ich in der Zeitung vom 4. Dezember 1913 eine Notiz, Namen und Orte sind ausgeschrieben, ich kürze sie ab: „Aus B. schreibt man uns: Gestern wurde am linken Ufer der A. unterhalb des Wangergasthauses in G. die Leiche des 40 Jahre alten Jakob N., Stiftersohn aus W., aufgefunden. N., der unzurechnungsfähig war, dürfte entweder durch einen unglücklichen Zufall oder in selbstmörderischer Absicht in die A. geraten sein."

Ich weiß nicht, was damit gemeint ist, dass Jakob N., mein Urgroßvater, unzurechnungsfähig gewesen sein soll, genauso wenig, wie ich verstehe, was eine selbstmörderische Absicht damit zu tun haben könnte und welche Rolle die Vermutung eines unglücklichen Zufalls spielen soll. Ich verstehe nicht, wie diese drei Zuschreibungen zusammenpassen und warum sie in eine Zeitung gelangt sind.

Aber ich weiß, dass der mutmaßliche Selbstmörder oder Unzurechnungsfähige oder einfach Unglückliche, ich weiß, dass dieser Jakob Anna geheiratet hatte, die ein lediges Kind und daher eine Schande gewesen war. Die Schande kümmerte Jakob nicht. Gegen den Willen seiner Eltern und gegen das Gerede vom Dorf hatte er Anna genommen und mit ihr fünf Kinder gehabt, darunter meine Großmutter, die wie ihre Mutter hieß. Jakob und Anna bewirtschafteten den Hof, bis sie ihn verkaufen mussten. Nachdem Jakob in den Bach gestürzt war und weil Anna allein nicht für sich und die Kinder sorgen konnte, stoben sie wie Billardkugeln auseinander. Das geschah vor Weihnachten im Jahr 1913. Zwei Brüder verschlug es in Täler hinter der Grenze, einer kam auf einen Hof in der Nähe von S., meine Großmutter, zehnjährig, in ein Hotel, in dem sie Mädchen für alles war, und die jüngere Schwester in ein Nachbardorf, wo sie bei einem Bauern Hunger und Not auszuhalten hatte.

Der einzige Mensch, den sie dort hatte, war eine Ledige, die Nanne hieß und die das Kind keinmal beim Namen nannte. Gitsche nannte sie es und wusste mit ihm nichts anderes anzufangen, als die Härte und Strenge, mit der sie selbst abgerichtet worden war, an es weiterzugeben. Das Kind, das immer nur denken konnte, was es getan hat, dass die Nanne so böse mit ihm war, dachte daran, davonzulaufen. Dann schämte es sich, weil man auch für jene Sünden bestraft wird, die man in Gedanken begeht, und es ist ja eines von vielen

Kindern, denen es so geht, nur eines von vielen Kindern, die auf sich allein angewiesen sind.

Als das Mädchen entzündete Mandeln hatte, nahm es seine Schwester, meine Großmutter, an die Hand und ging mit ihm zum Doktor ein paar Dörfer weiter. Der fuhr dem Kind mit einer Zange in den Hals und riss die entzündeten Mandeln ohne Betäubung aus dem Rachen. Blutend und weinend musste das Mädchen, das sich kaum auf den Beinen halten konnte, nach Hause gehen, und meiner Großmutter, die sie stützte, brach das Herz, als sie ins Hotel zurückkehren und die Schwester bei der Ledigen zurücklassen musste.

Die Schwester trat später in einen Orden ein und kehrte Europa für den Rest ihres Lebens den Rücken. Sie kam in ein Dorf am Rand des Urwalds von Bolivien, das sie über sechs Jahrzehnte nur für die Ausritte auf ihrem Pferd oder einem Maultier verließ. Mit meiner Großmutter tauschte sie bis zu deren Tod Briefe aus. In einem davon, datiert auf den März 1974, stoße ich auf diese Zeilen:

„Kennen tu ich auch niemand mehr, außer Euch, geliebte Geschwister. Ihr alle seid mir ins Herz geschrieben. Haben wir ja alle Leid und Enttäuschung und Überflüssigsein genug getragen."

Ich lese die Zeilen und höre hinein. Sie schreibt *Überflüssigsein*. Das Überflüssigsein. Das Attribut wird zum Nomen. Eine Eigenschaft zum Sein. Das Sein zum Dasein.

Also ein Leben, das nicht sein muss? Was nicht sein muss, soll, wenn es drauf ankommt, was sein muss, auch nicht sein. Und was nicht sein soll, darf, wenn es drauf ankommt, was sein soll, auch nicht sein. Ich kann das Letzte auch umkehren.

Meine Großmutter und ihre Geschwister waren überflüssig.

Nachdem Jakob in den Bach gestürzt war, löste sich die Familie auf. Und dann? Wer waren sie gewesen, die Überflüssigen? Waren sie die Ahnen derer, die das Kleinsein kannten, und die Kleinen die Erben der Überflüssigen? Ich muss noch einmal zurück zu Anna.

Anna, meine Urgroßmutter, Jakobs Frau. Es gibt kein Foto von ihr, ich habe kein Bild von ihr, ich habe von ihr geträumt. Es war die hellste Nacht im Jahr. Um vier Uhr war der Vollmond ganz nahe und eine große weiße Kugel. Bald danach der Traum von meiner Urgroßmutter. Als tauchte sie aus dem Weiß wie aus dem Nichts auf, in dem sie verschwinden wird.

Sie schob sich selbst durch den Traum. Sie war ihre eigene Figur und der Traum ein Traum, in den sie stieg. Sie fasste nie Fuß darin, denn sie wusste, dass es nur Traum war, in dem sie mir nahe war. Sie spielte für ihn oder für mich und ging auch bald wieder, sagte: Genug geträumt. Oder: Mehr musst du nicht wissen.

Es kann sein, dass ich nicht wirklich von ihr geträumt habe. Vielleicht habe ich in einer Art Wachsein meinem Traum zugesehen. Als hätte ich ihn schon öfter geträumt und er wäre eine Erinnerung an frühere Träume. Es wäre ein Traum, der versuchte, sich selbst einen Traum zu erzählen.

Meine Urgroßmutter ohne Foto und Familie, ohne Vater und festes Gefüge. Kein zusammengehöriger Menschenhaufen wie der Holzmeiler vor dem Haus auf dem Hof am Nordhang. So eine wie Anna war ein loses Glied. So eine wie Anna konnte da sein wie Luft und dann fort sein wie nie da gewesen. Sie, die nichts war, musste nicht gesehen werden.

Dann, stelle ich mir vor, ist Jakob in ihr Leben gekommen. Er sah sie. Zumindest eine Zeit lang, so lange, als es sie für ihn gab. Er hat sie vielleicht im Sommer auf einem Feld gesehen. Oder am Sonntag in einer Kirchenbank. Vielleicht sah er sie zunächst von hinten und dann sah er ihr starkes Kinn, das sich gegen die Welt stemmte. Das gefiel ihm. Dieser leise Stolz, von dem sie selbst nichts wusste, weil er ihr gar nicht zustand, während er zu denen gehörte, die zu etwas gehörten, zu einem Hof und zu einem Vater. Also nicht ihr, die von all dem, was eine sein musste, um etwas zu sein, ausgeschlossen war, und von all dem, was eine etwas wert machte, nichts war. Anna kam von keinem. Sie war nichtig und ungültig.

Das sah Jakob. Und es gefiel ihm. Es gefiel ihm aus Trotz gegen das dumpfe Gerede der Leute, gegen das ein Groll in ihm saß. Im Grunde aber gefiel es ihm, weil er etwas von Annas Alleinsein kannte und wusste, wie schutzlos man darin war und wie verlässlich man eine Gefahr wittert, am meisten die, die einem im Innersten hockt. Neben Anna fühlte er sich mit einem Mal sicher. Er meinte, aufgehoben. Mit Anna war das Alleinsein geteilt, was ihn stärker machte. Was sie nie miteinander teilen würden, blieb bei Anna, nämlich die Furchtlosigkeit, die Jakob nie hatte.

Jakob kannte sich mit dem Vieh aus. Er verstand es, mit ihm zu reden wie kaum mit den Menschen. Er kannte sich mit der Wirtschaft aus. Er kannte sich mit dem Hof aus. Er kannte sich in der eigenen Stille wie in seiner Westentasche aus. Er kannte sich mit den Leuten im Dorf aus, die er mit einer untrüglichen Schärfe durchschaute. Er durchschaute ihren Kleinmut, in dem sie andere heruntermachten, um sich selbst zu erhöhen, und keinen über jene Grenze hinausgehen ließen, in der für sie selbst die Welt aufhörte. Das alles erkannte Jakob. Aber er musste auf der Hut sein, etwas davon zu zeigen. Dann würde er nämlich verachtet werden für seinen Blick, der die Leute in ihrer Niedertracht erkannte. Und davor fürchtete er sich. Dass er seine Sicht auf die Menschen nicht verbergen konnte und dass sie ihn dafür mit Herabsetzung straften. Dass sie ihn, noch ehe er sich's versah, mit ihrem Urteil vernichteten, während er sich, zwar nicht in ihrer Mitte, aber am Rande in einer Art Ruhe wähnte. Jakob fürchtete, von ihnen ausgelöscht zu werden, mit seiner ganzen Person und dem Hof, den er mit den Schulden, die darauf lagen, halten konnte. Aber was half das schon, wenn die innere Furcht in ihm nagte und umhertrieb? Was half das bessere Wissen gegen die Angst, die die Furcht ablöst und in einem lauert? Sie wartete gelassen auf ihn, denn sie wusste, irgendwann gehörte Jakob ihr. Und dann war es nicht mehr die Furcht vor den Leuten, dann war es die Angst vor dem Leben, das mit aller Beweisführung gegen ihn war.

Aber das kam erst später. Vorher, als er noch nicht kleiner war als seine Angst, sah er Anna, neben die er sich stellen konnte wie unter einen sicheren Fels.

Dann war alles anders gekommen. Nicht mit einem Mal. Es kam allmählich. Es kam eins zum anderen und niemand hätte so richtig gewusst wie. Aber irgendeinmal war etwas unaufhaltsam geworden und Jakob nicht mehr zu halten, vor sich selbst nicht und nicht vor der Angst, die nie aus ihm gewichen war. Bald war auch der Hof nicht mehr zu bewahren gewesen und alles andere nicht, woran Anna geglaubt hatte. Dass es nämlich jemanden gab, zu dem sie gehörte, und dass sie mit ihm zu dem gehörte, was es nur geben konnte, weil es sie beide gab, sie beide als Ganzes. Dann brach Jakob aus dem Ganzen heraus. Er brach ab wie ein Gesteinsbrocken von einem Felsen und der Brocken hörte nicht auf, über den Absprung hinaus in die Tiefe zu rollen, durch Gestrüpp und Geröll über Wiesen und Weiden, durch Wälder und Unterholz hindurch und hinunter ins Tal bis in den Bach, in den er stürzte.

Aber etwas musste vorher passiert oder es musste schon da gewesen sein, als er sich zunehmend verschlossen hatte und unerreichbar geworden war. Manchmal saß er einfach nur da. Schaute wie einer, dem alles fremd wurde, und seine dunklen Augen wurden dunkler. Er sagte kein Wort und niemand erfuhr, wie er jemanden oder etwas wahrnahm und wie das, was außerhalb seiner lag, zu ihm hineindrang und was es dort mit ihm machte. Anna meinte, er würde die Tiere gar nicht mehr bemerken, das Wetter nicht, die Kinder und selbst sie nicht, wenn sie etwas fragte oder erzählte oder sich an ihn drückte und ihre Hände nach ihm griffen. Sie suchten ihn, als könnten sie ihn herholen und wieder dahin bringen, wo sie sich gefunden hatten. Aber da war Jakob schon ganz verschanzt gewesen und hatte durch Schießscharten in die Welt gespäht oder aus sich hervorgeschaut wie aus Maulwurflöchern.

Jakob sah Anna nicht mehr. Er sah ihre Angst um ihn. Er sah nicht mehr sie. Unter seinem Felsen heraus schaute er ihrer Angst um ihn zu. Er sah, dass sie ihn von allem weggehen sah, und wusste, dass sie ihn mit aller ihr zur Verfügung stehenden Kraft zu halten versuchte, bis sie miteinander nur mehr durch die Angst zusammenhingen, durch nichts sonst. Während Anna glaubte, in Jakobs Angstzelle hineinzugehen, ging sie in ihre Angst hinein und verstand nicht, wie sie von einer Furchtlosen zu einer Furchterfüllten geworden war. Noch in dem Gefühl, herausgehen zu können aus seiner Angstzelle, war es ihr unmöglich herauszugehen, nur hin und her und auf und ab zu gehen in seiner Zelle konnte sie, wo er ihre Angst jederzeit sehen konnte. Alle Augenblicke musste er ihre Angst um ihn sehen können, ob sie noch da war, ob sie noch Zeugin seiner jeden Tag neuen alten Angst war, mit der er sie zuerst in seine Zelle und dann in die Falle lockte. Die Sätze, die er sagte, mussten ihre Angst schüren. Und selbst wenn er nichts sagte, überhaupt nichts sagte, gerade dann hörte sie am besten, was er sagte. Da er gar nicht den Versuch machte, ihr die Angst zu nehmen, sondern sie immer noch größer machte, je größer, desto brauchbarer, war sie an manchen Tagen nahe daran zu glauben, dass er an ihrer Angst um ihn Gefallen gefunden hatte. Aber immer wieder verbot sie sich den Gedanken.

An Annas Angst machte er sich fest wie eine Muschel an einem Stein, so, wie er es schon einmal getan hatte, als er gesehen hatte, dass Anna die Furcht nicht kannte, und er nannte sein Festhalten Liebe. Aber sie hielt nicht, die Liebe oder Anna. Eine von beiden konnte Jakob nicht halten.

Nachdem Jakob in den Bach gefallen war, verlor Anna die fünf Kinder und kam nach S., wo sie sich mit kleineren Handarbeiten über Wasser hielt. Sie stopfte Socken und flickte Hemden. Sie strickte Jacken und nähte Löcher zu. Nach einiger Zeit wurde sie schwanger, niemand wusste von wem. Vielleicht von einem, dem sie den Hemdskragen auswechselte. Er kam zu ihr und war allein und zog sie an sich und hatte Hände, die sie hielten. Oder Hände, die sie wärmten. Oder Hände, die sie hinunterbogen und niederdrückten. Anna bekam einen Sohn und flickte weiterhin Hemden in S.

Dann kam der Krieg. Und mit dem Krieg wieder Armut und Not. Anna flickte Hemden und stopfte Socken und bewohnte mit dem Kind ein Zimmer bei einem Bauern. Oder, sage ich nun, bei einer Frau, deren Mann, zum Beispiel ein Fuhrmann, an der Front war. Die Frau musste ein Zimmer vermieten, damit sie sich und ihre Kinder durchbringen konnte. Also vermietete sie Anna ein Zimmer. Die Küche teilten sie sich, aber Anna mied sie, so gut es ging, um durch nichts zur Last zu fallen oder ins Gerede zu kommen. Sie hütete ihr Zimmer und legte sich zu ihrem Kind.

Anna war, sagen wir, schon den dritten Winter in S. und das Kind munter. Sie erzählte ihm von seinen Geschwistern und dem Hof, auf dem sie einmal alle zusammen gewesen waren. Sie tat, als wäre es immer schon mit dabei gewesen. Es sollte nicht zu niemandem gehören, es sollte einen Vater haben und ein Kind von Jakob sein. Wenn die Leute an ihnen vorbeischauten und sich bemühten, selbst dem Kleinen keinen Blick zuzuwerfen; wenn sie die beiden betrachteten wie pechschwarze Krähen; wenn sich Anna in dem Kind wiedererkannte und sich so lose, wie sie es schon einmal gewesen war, zwischen den Menschen bewegte, meinte sie, sie würde durch sie hindurchfallen wie ein Blatt Papier. Sie fühlte sich so willkürlich in der Welt wie ein Zufall. Oder in die Welt gesetzt wie das Gesetz für die, die von einem Nichts ins nächste gewürfelt werden und nie davon loskommen sollten. Wohin wollte sie noch geworfen werden? War sie nicht lange schon verworfen? Sie hätte einschlafen und nie mehr aufwachen mögen. Sie hätte verschwinden mögen wie nie da gewesen.

Aber sie nähte dem Kind ein Hemd mit dem besten Stoff, den sie sich leisten konnte, und nahm es an die Hand, als wäre sie etwas Besseres. Sie setzte sich einen Hut auf. Sie band eine Schleife darum herum. Sie nähte ein Samtband in den Saum. Sie nähte einen Blindstich, und Jakob hätte ihn gesehen. Er hätte die winzigen Details am

Kleid, in dem sie den Rücken durchbog, gesehen. Er hätte den durchgebogenen Rücken, in dem die Wirbel wie die Perlen einer Kette saßen, gesehen und den Samt am Saum und er hätte darauf geschaut wie ein Adler.

Was hat er in mir gesehen, fragte sie sich nun. Hatte er erspäht, was er von ihr brauchte, und hatte es sich geholt wie eine Beute, um sich damit vor dem Stürzen zu schützen? Sie sah dem Kind zu. Es rollte die bunten Murmeln in die Ecke des Zimmers. Sie musste darauf aufpassen, dass es sie nicht in den Mund nahm, während der Turm an zu flickenden Hemden und zu stopfenden Socken nicht kleiner werden wollte. Was liebte er an mir, fragte sie sich noch einmal und nahm dem Kind eine Murmel. Was hatte er in ihr gesehen und sich davon genommen? Hatte er sie um ihre Arglosigkeit betrogen oder um Liebe? Oder hatte er sie in die Angst hineingestoßen, um sie, die an Liebe glaubte, die Angst zu lehren?

Sie steckte sich den Fingerhut an, der den Finger zu einem Soldaten machte. Sie stieß die Nadel durch den Loden und setzte einen Stich. Warum hatte er sich auf die Höhle unter dem Felsen verlassen, die kleiner und enger und allmählich zur Zelle wurde, ab wann verließ er die Zelle nicht mehr? Anna sah Jakob vor sich, der in seinem Kopf hockte und kein Wort sprach. Sie ging wieder zum Kind und rollte eine Murmel.

Die Schleifen in der Kugel verschwammen Anna zum undurchsichtigen Knäuel. Sie wollte die Kugel festhalten und durch das Glas hindurchgreifen wie durch die Luft, die sie für Jakob und alle anderen gewesen war. Ihr kam vor, dass sie überhaupt erst greifbar war in diesem Glas und zum ersten Mal aus sich heraussah, indem sie hineinsah. Jakob und ich, dachte sie. Zwei Striche, die sich kreuzten und dann weiter und weiter weg, jeder in seine Richtung liefen. Jakob fand einen Bach und ging. Als es ihn nicht mehr gab, konnte sie manchmal mit ihm reden.

Hast du nicht bemerkt, fragte sie Jakob, dass ich mit meiner Angst um dich in deiner Zelle saß, während ich draußen aufpassen musste? Ja, du hast es bemerkt und alles gewusst und hast mich damit allein gelassen, während du dich an mir festgehalten hast. Du hast es bemerkt und hast mich nach und nach deinem Sturz zusehen lassen. Du hast mich benutzt für dein Ende. Hast mich geliebt aus Rache, als Entgelt für meine Furchtlosigkeit.

Das Dorf, in das Anna kam, war klein. Es gab die Kirche, ein Gasthaus, einen Laden. Nur wenn Markt war, wimmelte es von Menschen, darunter Soldaten. Geschichten wurden von ihnen erzählt, Bilder, halb weitergetragen, halb verhüllt, als wäre das Bild schon ein verletzter Körper, Geschichten von Männern, die in den Bergen von Scharfschützen erschossen, von Lawinen oder Steinschlag verschüttet wurden oder erfroren, für die der Winter und das Gebirge grausamer waren als die Kugeln der Feinde. Genaueres sagte niemand und wer zu lange fragte, bekam erst recht keine Antwort. Anna mochte keine Soldaten. Soldaten waren der Krieg. Soldaten waren der Hunger. Alles zugleich. Schon Hunger hatte gereicht, denn den kannte Anna auch ohne Krieg.

An einem Nachmittag klopfte aber einer an ihre Tür. Er hatte einen Knopf verloren, sodass ihm ein Hemdsärmel wie ein gebrochener Flügel am Arm hing, der ihn zum gestauchten Vogel machte. Sie fragte, was sie für ihn tun könne, sie flicke Hemden und stopfe Socken, keine Sachen für Soldaten. Er zeigte ihr den Ärmel und Anna sah sich ihn an. „Ich kann das machen", sagte sie, „ich nähe den Knopf an." Und im Kopf ging sie durch, wie sie das machen könnte, wenn sie nähend an seinem Arm und also an seiner Nähe würde hängen müssen.

Jeder Nähe aber wich Anna aus. Sie hatte gelernt zu gehen, bevor jemand da war. Sie hatte gelernt weg zu sein, bevor etwas von ihr übrig blieb. Sie hatte gelernt, jederzeit zu verschwinden. Manchmal fuhr sie sich übers Gesicht, nachts, wenn das Kind schlief und sie nicht schlafen konnte. Sie fuhr sich über die Augen, die Wangen, das Kinn, sie strich darüber, als ob sie sich wegwischen könnte wie einen Traum. Manchmal träumte sie. Als sie im Traum nach einem rief, wachte sie auf. Sie stand auf, trank ein Glas Wasser und schaute aus dem Fenster. Dann legte sie sich wieder zu dem Kind und versuchte mit ihrem Schlafbild einzuschlafen. Manchmal zog sie es auch untertags hervor. Es war genug für eine Art Ruhe. Ob sie sich ins Traumbild verzog, wenn sie verschwand? Auch das hätte sie nicht sagen können, denn das Verschwinden war schneller in ihr als das Träumen im Schlaf, und wenn sie davon auftauchte, hatte sie vom Verschwundensein nichts mitgenommen. Sie hatte dafür gesorgt, es so gründlich zu machen, dass auch davon nichts übrig blieb.

Nun war also dieser Soldat da und sie hatte ihm einen Knopf anzunähen. Er stand vor ihr und redete von Ärmeln und vom Gasthaus, in dem er eben gewesen war, er redete von einem Vogel, einem Star, und noch irgendwas, worauf sie antwortete, ohne zu hören, was sie sagte. Aber sie sah sich bleiben. Er hielt ihr den Arm hin und sie besah sich den Ärmel. Sie griff nach dem Knopf. Sie fädelte ein und machte den Knoten. Sie griff nach dem Knöchel. Sie sah seine Hand mit den Linien wie Nähte. Sie sah, mit dem Soldaten, der nichts von einem Soldaten hatte, war etwas gekommen, das sie nicht vertrieb.

Dann war der Knopf angenäht und der Hemdsärmel nicht mehr ein gebrochener Flügel. Anna straffte den Stoff am Ärmel und legte den Bund ans Gelenk. Sie schob ihn nach vorne, sodass er an den Ballen des Daumens reichte. Sie fuhr noch einmal darüber und da ergriff die Hand des Soldaten die ihre, als wäre sie Annas ganzer Körper, den ein aufgepeitschtes Meer an Land in die Hand des Soldaten schlug.

Küssten sich Anna und der Soldat?, möchte ich fragen und frage mich, wonach ich damit im Grunde frage. Nach einer Geschichte?

Ich gebe Annas Leben ein Größtes. Ich lasse es den Soldaten sein. Ich sage, es gab einen Kuss in Annas Zimmer. Es gab Liebe in Annas Kammer. Es gab die Körper in der Kammer, die ins kalte Laken fielen und nacheinander züngelten wie plötzlich entbrannte Flammen. Die Flammen ergriffen alles und nahmen die Luft, ließen keinen Spalt mehr davon übrig, der nicht Liebe war.

Was hätte es noch zu erzählen gegeben? Dass sich Anna und der Soldat wiedersahen? Dass in jedem Wiedersehen das Gehen enthalten war? Nach einem Jahr war Anna erneut schwanger. Sie bekam einen Sohn. Sie nannte ihn nach seinem Vater. Irgendeinmal kam der Soldat zum letzten Mal. Mehr muss man nicht erzählen.

Anna starb wenige Jahre später in B. Sie war krank geworden und kam in ein Spital, eine Art

Siechenhaus. Sie wurde keine Fünfzig. Anna starb allein. Sie gehörte zu keinem. Vielleicht aber auch nicht. Vielleicht war sie, als sie starb, wieder in der Kammer, in den Flammen und Armen des Soldaten. Dass es die Arme des Soldaten gegeben hat, ist genauso wahrscheinlich oder unwahrscheinlich wie die Vermutung, dass es sie nicht gab. Es kann eher sein, denke ich, dass es sie nicht gab und dass Anna zwei ledige Kinder irgendwie und irgendwo aufgeklaubt hat, wie es heißt, und kaum durch den Krieg und den Hunger brachte. Dass sie sich schämte, in der Küche an den Herd zu gehen, weil sie wieder nur Wasser und Mehl für eine Brennsuppe hatte. Dass ihre Schürze immer nur eine Schürze war und sie nie stolz in einem Kleid gesteckt hat. Es kann sein, dass so eine wie sie, die für Junggesellen Socken stopfte und Hemden flickte, den Mund halten musste, wenn sich einer auf sie legte und über ihr keuchte, bis er in sich zusammenfiel wie eine zerplatzte Schweinsblase und sie unter seinem geschrumpelten Leib wieder hervorgekrochen kam.

So eine wie sie konnte ein ganzes Leben verletzt und verachtet worden sein und immer zu denen gehört haben, die sich überflüssig sahen. Aber es könnte auch anders gewesen sein. Dass Anna, meine Urgroßmutter, geliebt hatte. Und dass es einen gegeben hatte, für den sie alles gewesen war.

„Ein Leben hätte anders verlaufen können, aber erst, nachdem es gelebt wurde“, lese ich bei Inger Christensen.

Für meine Großmutter, Annas Tochter, war jedes Leben klein und zwar von dem Moment an, als es auf die Welt kam. Anderes gab es nicht, es gab auch nicht den Vergleich zu einem anderen als einem kleinen Leben. Es durfte um keinen Deut größer als klein sein. Sonst kriegte man es auf die Finger. Keiner sollte meinen, er wäre etwas Besseres, und Leute wie sie schon gar nicht. Sie wähnte sich deshalb aber nicht kleiner als die, die den Mund laut aufrissen und auf sie wie auf Mindere herabschauten, um auch einmal groß zu sein. Einen zu erniedrigen war ja nur von den Nazis abgeschaut. Auch vor denen, die über sie lachten und auf den Eckzähnen grinsten, wenn sie sie im grauen Kittel über den Hof huschen sahen und wussten, dass sie nichts aß, damit ihre Kinder etwas mehr zum Essen hatten, auch vor denen beugte sie sich nicht.

Auch nicht, als ihr Dreck vor die Tür geschmissen wurde, weil sie nicht für das Deutsche Reich, sondern fürs Dableiben gewählt hatte. Auch nicht, als sie den Kriegsdienstverweigerern Essen im Wald versteckte und dafür Kopf und Kragen riskierte. Kleiner als die, die gar nicht sprechen, sondern nur schreien können, kann jemand gar nicht sein.

Großmutter war für ein anderes Kleinsein wie geschaffen.

Einmal beichtete sie, einen *Gluscht* gehabt zu haben. Kein Wort von Hunger. Gluscht, muss man wissen, ist Lust und Genuss im Gaumen, ist das Verlangen, das einem wie Wasser im Mund zusammenläuft. Im Hunger läuft nichts zusammen und der Mund bleibt trocken. Aber selbst wenn es nichts mehr in einem gibt, gibt es immer noch die Sünde, sagte der Pfarrer. Sie muss nicht begangen werden, sie ist gar nicht Tat. Sie ist Zustand und einem jeden eigen, sie ist Erbe, durch das einer Mensch wird.

Weil sie also gelernt hatte, dass man auch ohne Sünde eine Sünderin ist, ging meine Großmutter zur Beichte. Und weil es an ihr lag, worin sie Sünderin war, suchte meine Großmutter in sich eine Sünde. Eine andere als Gluscht fiel ihr nicht ein. Gluscht ist eine Sünde des Fleisches. Ihr Fleisch spürte sie lüstern werden am Essen, das es kaum gab. So könnte sie zu ihrer Sünde gefunden haben. In der Mehltruhe, im Schmalztopf, in der Milchkanne, unter den eingekalkten Eiern. Mehr gab es nicht, wo der Gluscht hätte sein und eine Sünde hätte stecken können.

Früh macht sie sich auf den Weg zur Beichte. Ich lasse sie vom Pichler weg in die Kirche gehen. Sie geht über den Hof, die Wiese, die Gräser im

Tau. Die Felder, das aufgehängte Heu auf den Schwedenreitern, den Bach, der noch immer Schmelzwasser von den Bergen bringt. Es kommt der Kirchturm, der in den Himmel sticht, und meine Großmutter ist unterwegs mit dem Hunger. Er ist bei ihr, seit sie am Morgen von der Bettstatt aufgestanden ist. Der Hunger verlässt sie nicht, auch nicht auf ihrem Weg zur Beichte. Er ist da wie der Strohsack in der Nacht, die Luft am Tag, das Heu, der Bach, die Kirchturmspitze. Er versteckt sich nicht, sie muss ihn nicht erst finden wie die Sünde, die überall sein könnte, weil sie ja überall ist und immer schon war und immer sein wird.

Auf dem Weg vom Hof über die Brücke bis zum Kirchturm spielt meine Großmutter im Kopf durch, was sie dem Pfarrer sagen wird. Ihr Kopf dreht sich wie ein Kreisel und sucht nach der Sünde. Der Kreisel dreht sich um eine Mitte, die Hunger heißt. Er bohrt sich dort ein wie die Schlaflosigkeit ins Wachen, das darauf lauert, ob der Schlaf kommt, kommt er nicht, kriegt er die Rute. Meine Großmutter wacht über den Hunger und passt auf, dass er den Mund hält. Sie hält ihn versteckt, damit niemand ihn hört und niemand ihn sieht, niemals hätte ihn jemand an ihr sehen dürfen. Sie schiebt ihn hinter die Magengrube, wo er Ruhe geben soll. Er soll still sein, er soll stumm sein, er soll sich nicht rühren, damit die Sünde reden kann. Aber er gibt keine Ruhe. Er verwandelt den Duft von Heu in den Duft von Gebäck, während der Hunger an ihrem Tuch nagt.

Damit geht meine Großmutter in den Beichtstuhl. Sie wirft sich auf die Knie vor das Holzgitter, hinter dem der Pfarrer sitzt und aus dem Dunkel heraus schwer atmet. Er sitzt da und faltet die feuchten Hände, reibt die Finger, dass sie rinnen, und will hören, was ihm meine Großmutter zu sagen hat und wie ihr Innerstes ausschaut.

Gelobt sei Jesus Christus. In Ewigkeit. Amen. Meine letzte Beichte war am letzten Sonntag. Ich bekenne vor Gott meine Sünden. Ich habe einen Gluscht gehabt.

Meine Großmutter verwandelte Hunger in Lust und Lust in Sünde. Sie taufte Hunger in Sünde um. Versah ihn mit einer neuen Bedeutung, als ginge sie damit hasardieren. Setzte sie auf Erlösung, wenn sie Hunger als Sünde übernahm? Fand sie einen Schlüssel zur Rettung, wenn sie ihn auf den Vertrag des Beichtstuhls setzte, der für das Bekenntnis der Sünde die Lossprechung vorsah?

Ich kenne die Gründe nicht, die meine Großmutter dazu brachten, ihren Hunger in eine Sünde zu verwandeln. Was ich habe, sind Geschichten, die meine Vernunft nicht versteht, obwohl sie mir klar genug erscheinen. Ich sitze vor dem Bildschirm und schreibe Sätze, wie Großmutter vor vielen Jahren in den Beichtstuhl ging. Ich habe nichts als meine Sätze, wie sie ihre hatte, die ihren Hunger verwandelten.

Hat der Pfarrer sie von ihrer Sünde losgesprochen? Den Gluscht konnte sie bereuen. Aber welche Lossprechung konnte es vom Hunger geben? Kann ich mir vorstellen, was Hunger ist? Was kann ich von meiner Großmutter wissen, wenn ich nicht weiß, was Hunger ist? Wüsste ich es, würde ich ihm vielleicht auch einen Namen wie Gluscht geben und mit ihm zur Beichte gehen, wenn ich zur Beichte ginge.

Ich weiß nicht, was Hunger ist.

Ich kenne Hunger nicht. Ich kann nichts über ihn sagen. Ich weiß nicht, ob man Hunger hat wie einen Schmerz. Ich weiß nicht, ob dieser Schmerz alles ist, was man ist. Ob er einen frisst und nichts von einem übrig lässt. Ob er einen vor sich hertreibt wie ein gejagtes Tier. Ich weiß es nicht. Ob der Hunger einen aushöhlt oder ausfüllt, ob er einen beraubt oder betrügt oder belügt. Wie er die Kraft nimmt und wie die Würde. Ich weiß es nicht. Ich weiß nicht, wie man den Hunger nennt, wenn er nicht mehr von einem weicht.

Auch meine Großmutter hatte ihren Hunger, der über Leib und Seele herrschte. Er hieß Gluscht und war die Sünde, die sie vor dem Pfarrer brauchte. Vielleicht lachte sie, als sie von ihren Sünden losgesprochen nach Hause ging. Bis zum nächsten Sonntag konnte sie ihn entlassen.

Sie betete das Ablassgebet, wie der Pfarrer es ihr aufgetragen hatte, sie büßte, wieder am Heu und am Bach mit dem Schmelzwassser vorbei, ihr Vergehen mit fünf *Engel des Herren* ab. Sie trat in das Gebet wie sie später, als ich neben ihr saß, in die Nähmaschine trat und der Nähfuß lief, er lief über den Stoff für die Schürzen und über den Loden für die Patschen, wie sie mit dem Gebet nach der Beichte an den Heumeilern vorbei über die Brücke, über den Weg und zum Hof lief, oder es war das Gebet, das mit ihr lief, die nun an das Essen dachte, das sie auf den Tisch bringen sollte, an die Erdäpfel, die, wenn sie sich selbst nicht dazu zählte, für alle reichen mussten, so wie jetzt das Ablassgebet für ihre Sünde ausreichte, aber nicht für die Toten. Also betete sie noch ein Gebet für Jakob. Sie klapperte in ihren Hungerschuhen nach Hause und betete für Jakob, den Sünder, der, wie es hieß, genug vom Leben gehabt hatte. Sie betete für ihren Vater, dessen Mund und Stolz sie geerbt hatte, aber nicht dessen Dunkelheit, in der er in den Bach gegangen war. Nur manchmal, kam ihr vor, lag etwas in ihr und brodelte tief unten, als wollte Jakob blubbernd aufsteigen und sie um Vergebung der Sünde bitten, wozu er im Leben nicht fähig gewesen war. Also betete sie noch ein Gebet für Jakob.

Großmutter kam rechtzeitig zu Hause an. Das Essen musste gemacht werden, am Sonntag früher als unter der Woche. Sie band sich die Schürze um. Sie leerte den Aschekasten. Sie machte Feuer im Herd der Küche, die nicht ihre war. Sie stellte das Wasser mit den Erdäpfeln drauf und fuhr sich über die Stirn. Dann jagte sie die Hühner aus dem Haus, die plötzlich mitten in der Diele, die nicht ihre war, gackerten, und klatschte in ihre großen Hände. „Raus mit euch!“, schrie sie. „Raus!“ Und als mein Großvater auch noch mitten in der Diele stand und über die dummen Hühner schimpfte, klatschte sie, dass es knallte.

Sie ärgerte sich, wenn er ihre Hühner dumm und hässlich nannte. Sie waren das Einzige, was ihres war. Wenn sie für ihn dumm waren, war er für sie *gschpassig*. Er war gschpassig, wenn er mit dem Zwicker auf der Nase unter ihren Hühnern stand. Wenn er wieder verschwand, als wäre er immerzu nur Gast auf Erden. Gschpassig nannte sie ihn, wenn er ganze Tage kaum etwas sagte, aber über ihren Eifer lachte. Gschpassig, dachte sie bei sich, als sie ihn vom Pfarrer kommen sah und wusste, dass er das wenige Geld wieder der Kirche statt ihr gegeben hatte.

An diesem Tag aber war mein Großvater aufgebracht. Er verschwand nicht wortlos, als würde er durch eine Sanduhr rinnen. Er ging mit meiner Großmutter hinters Haus. Die Sonne stand hoch und war hell und mein Großvater aufrecht und entschieden im Sonntagsgewand, plötzlich wie gemacht für die Welt.

„Der Pichler hat den Hitler an die Stelle vom Herrgott in die Stube gehängt“, sagte er. Mehr sagte er nicht.

„Teufel!“, sagte da Großmutter. *Teufel* war ein Wort, das ihr zum Ausspucken im Mund lag. Sie spuckte es aus wie einen Patzen Rotz. Es flog von ganz hinten mit Schwung aus ihr heraus und schoss in die Luft, bevor es auf den Boden klatschte, während mein Großvater die Hände tiefer in den Hosentaschen vergrub und an den Lippen nagte. Er mochte reden für überflüssig halten. Es mochte für ihn unnütz sein, weil das, was es zu sagen gab, durch das Beten gesagt sein konnte oder einfach nicht zu sagen war. Reden schien ihm wie leerlaufende Räder im Uhrwerk, dessen Inneres er genau kannte. Die großen Getriebe für eine Zugseilbahn und die kleinen in einem Uhrwerk. Ihre Winkelgeschwindigkeit, ihre Drehbewegung, ihre Energie aus der Mechanik. Im Leerlauf sind die Räder bloß im Einsatz, aber sie übertragen keine Kraft. So vergeudet erschien meinem Großvater das Reden. Aber manchmal musste es sein. Da war es zu tun wie das Beten und abends die Haustür zu verriegeln und jetzt, nachdem meine Großmutter hinterm Haus den Teufel ausgespuckt hatte, zum Pichler zu gehen. „Wenn du den Hitler nicht wieder abhängst, geh ich nie wieder in deine

Stube“, sagte mein Großvater kurz darauf zum Pichler. Am Abend hing der Hitler nicht mehr im Herrgottswinkel.

Aber die Hitlerei blieb.

Großmutter stand am Herd in der großen Küche. Die Küche war hoch und hatte ein Gewölbe wie ein Glassturz. Darunter standen zwei Tische in zwei Ecken, eine Anrichte, eine Kredenz, die Holzkiste und in der Mitte ein riesiger Herd, auf dem die Bäuerin und meine Großmutter nebeneinander kochten, jede in ihren Töpfen und meine Großmutter in ihrem knochigen Hunger. Sie rührte die Milch in der Pfanne, sie rührte so langsam das Mehl ein, als würden ihre Gedanken in die Milch und allmählich in das Mus einfließen. Sie dachte an den Bauern. Sie dachte an seine lauten Buben. Sie dachte an die Zeichen, die deutlich und düster wurden und als Sprünge durch den Glassturz zogen, der sich nun unsichtbar über den ganzen Hof wölbte. Jeden Tag sprach der Bauer vom Führer und davon, dass es wieder ein Deutschtum gab. Dass es eine starke Hand gab. Eine klare Linie. Durch einen wie den Führer hatte einer wie der Bauer Klarheit statt aller Unsicherheit, die wie ein schlafendes Tier in ihm lag und jederzeit erwachen konnte. Es konnte aufspringen und ihn so im Nacken fassen, dass der Bauer seine Beute und erledigt war. Das machte ihm Angst. Einer wie der Führer verscheuchte einem wie dem Bauern das Tier. Er schlug es für ihn nieder. Und plötzlich war alles ganz einfach. Man musste es nur niederschlagen mit starker Hand, die einem gegeben war. Zuschlagen, in sich und um sich schlagen. Dann war das Tier wie vom Erdboden verschluckt und man fühlte sich sicher und gehörte zu den Starken. Das gefiel dem Bauern, weil er etwas davon sofort verstand, es war wie ein Schlüssel, den er in sich drehen konnte. Er drehte und machte sich die Stärke des Führers zu eigen, als wäre sie seine.

Auch seinen Söhnen gefiel der neue Geist. Nicht weniger gefiel ihnen die Faust zum Kämpfen, das war noch einfacher als der Geist, der allein schon genug war. Sie scheitelten sich die Haare seitlich. Sie standen vor jeder Uniform stramm. Sie sangen Lieder von Kameraden, sangen Lieder zur Front, sangen Lieder von morschen Knochen, die zitterten. Wenn meine Großmutter in die Küche kam, sangen sie lauter. Dann stampfte meine kleine Großmutter an ihnen vorüber und würgte das Wort hinunter, das ihr zum Ausspucken im Mund bereitlag. Manchmal würgte sie nicht. Dann schoss sie die Wörter, die alle dazugehörten, hinaus, weil sie richtiger waren als das Schweigen und voller Wucht aus dem Kopf sprangen, wo sie seit Langem lagen. Darüber lachten die Buben. Sie solle aufpassen, so wirres Zeug zu reden, dem man nicht folgen könne. Das sei gefährlich, es sei wirr und krank, sie rede schon nicht mehr wie eine Deutsche.

Die Buben redeten nach dem Mund vom Bauern und nach dem Mund ihrer Onkel, die die Finger gespreizt hinter den Hosenträgern hielten und sich immerzu in den Schritt griffen, als würde ihre Männlichkeit eingeklemmt in einem Knopfloch stecken. Sie glaubten an das Volk, zu dem man gehören muss, um zu wissen, wer man sei. Einer von ihnen wusste das noch besser. Seit er an der Front mit den Kaiserjägern gewesen war und einem Vaterland die Treue geschworen hatte, verstand er es, für eine Idee tapfer und jederzeit tüchtig zu sein, sich hinzugeben für ein Größeres, das einen in sich aufnahm und aufging wie ein Germteig, ein großer, gärender, goldener Germteig. Jetzt zogen seine Söhne mit der Wehrmacht in den nächsten Krieg und der Germteig hieß Germanien. Von diesen Onkeln und ihrem Vater, die sich allesamt das Herrische vom Hitler ausliehen, schauten sich die Buben ab, wie man Mann war. Es fehlte nicht mehr sehr viel, dass auch sie es waren. Dann wären sie voller Kraft, mit der sie die Muskeln spielen und so zucken ließen, dass sie selbst sehr beeindruckt von sich waren. Einer staunte, wie stark sich das Mannsein jetzt schon anfühlte, ohne dass man viel dazu beitragen musste. Man musste es nur fest in die Hand nehmen und daran drücken, werkeln und schieben, bis es groß war. Am liebsten staunte er jeden Tag darüber, wenn er in den Stadel ging und schaute, wie weit seine Männlichkeit aus ihm herausschoss, so wie früher, als sie als Kinder geschaut hatten, wer am weitesten prunzte. Als er aus dem Stadel zurückkam, trat er breitbeinig in die Stube. Er spuckte sich in die Hände und fuhr sich durchs Haar, bis es glänzte. Dann kamen die Brüder, vielleicht auch sie aus einem dunstigen Winkel im Stadel. Sie klopften Sprüche und klopften sich auf die Schenkel, und niemand war so stolz wie die Onkel.

Als die Buben meine Großmutter das Mus am Herd rühren sahen, meinten sie, so ein dünnes Mus könne doch niemand essen, davon bekäme man Dünnschiss statt Kraft. Ob sie nicht etwas Ordentliches auf den Tisch bringen könne, wenigstens einen Eintopf, der vom Führer für den ersten und zweiten Sonntag im Monat angeordnet war. Da wurde meine Großmutter zornig. Sie wurde bestimmt auch laut. Und die Buben, kurz still geworden, schnellten die Löffel an die Wangen, dass sie knallten, um Großmutters Worte zu sprengen. Das gab ihnen einen Schneid und plötzlich fragten sie in den Raum hinein, aber es galt meiner Großmutter, wo denn der Lois sei, ob er sich wieder ins Beten verkrochen habe und dabei das Essen vergesse und das Leben. „Oder ist er vor lauter Mus irgendwo eingeknickt?“ Ihre Wangen, rosa noch von den Löffeln, wurden rot und wurden dick. Der Bauer grinste, lachte verhohlen oder verschmitzt. Aber meine Großmutter hörte sein Lachen und sagte nichts.

1939 war zwischen Heim-ins-Reich oder den Dableibern bei den Walschen zu wählen gewesen. Der Bauer hatte für das Reich gestimmt. Lieber wäre er dageblieben. Er hatte ja schon einen Hof und musste sich nicht wie die Habenichtse, die für Kost und Quartier buckelten, vom Führer einen versprechen lassen. Wenn das Blut und der Boden schon nicht zusammenbleiben konnten, musste der Boden halt dableiben und walsch werden. Das Blut war wichtig, der Boden konnte warten, bis auch er heimgeholt werden würde.

Wir gehen, hatte der Bauer gesagt. Wir werden keine walschen Bauern, hatte er gesagt, wie er immer „wir" sagte, wenn er von sich redete. Seine Frau hatte nichts gesagt, weil sie nie nichts sagte, was dann „ja" bedeutete. Seine Buben hatten genickt und sich darauf gefreut, die walschen Dableiber mit Dreck zu bewerfen, damit sie die völkische Flurbereinigung am eigenen Leib zu spüren bekämen.

Meine Großeltern stimmten fürs Dableiben, auch wenn sie keinen Grund und Boden zum Bleiben hatten. Aber einen Grund gegen Hitler. Deshalb gehörten sie zu den Verrätern und Verleugnern wie Judas und Petrus und alle Juden, die Christus ans Kreuz gebracht hatten. Mit Judas und den Juden wurden die Dableiber die Verräter am Deutschtum. Bislang hatten sie unter dem gleichen Dach Mus gekocht und standen im gleichen Feld bei der Mahd. Sie saßen in der gleichen Kirchenbank und waren Schwester oder Schwager. Plötzlich waren sie Verräter und eine Idee putzte das Menschsein weg, als wäre es dreckig und eine Beleidigung der Starken.

Mein Großvater wurde gemieden und meine Großmutter wurde zur walschen Nanne. Wahrscheinlich mied auch mein Großvater die Hitlerischen und die, die wussten, dass er mit seinem Cousin, einem Pfarrer, redete. Der Pfarrer-Cousin redete anders als der Bischof und sein Generalvikar. Der war ein Kriegstreiber und geradezu besessen vom Dritten Reich, bis auch der Bischof darin das gelobte Land für alle Deutschen sah. Der Pfarrer-Cousin musste sich leise verhalten, wenn er gegen den Bischof und dessen Glauben an das Reich redete und mit meinem Großvater verbotene Radiosender hörte. Auch der Dorfpfarrer glaubte nicht an die Neuheiden da draußen in Deutschland, für die Hitler der Gott war. Wenn einer redete, als wäre er der Herrgott, wie der Hitler das tat, konnte etwas nicht stimmen. Kein Mensch konnte wie der Herrgott sein, dachte der Dorfpfarrer und bestimmt auch mein Großvater, der in seinem Leben am meisten mit dem Herrgott redete.

Aber er dachte auch an die Menschenverachtung und an den Schrecken, den einer vor dem anderen haben muss, wenn die Heiligkeit des Menschen nicht mehr zählt. Dann ist das menschliche Sein aufgegeben wie eine weggeschmissene Schuhsohle.

Auf dem Hof, von dem mein Großvater kam, wartete noch einer auf eine starke Hand, die Ordnung brachte, die nicht lange fackelte und kurzerhand aufräumte mit jedem Zaudern und Zögern. Der Bauer war ganz wütig vor lauter Erwartung, die endlich eine Tat wollte und das Ungewisse bannte. Und in permanenter Erwartung, dass bald etwas passierten müsste, machte er sich bereit für jeden Einsatz, bis er irgendeinmal immerzu in Kampfstellung war. Es kann sein, dass sich mein Großvater deshalb vor ihm in Acht nahm. Bei einem, der sich immerzu rüstete und vor Erregung zuckte, ist Vorsicht geboten. Er geht um wie eine dauernde Drohung. Das wusste mein Großvater. Das wusste er auch, als er auf dem Hof seines Bruders einen von den zwei Kriegsdienstverweigerern versteckte, die Söhne vom Kaser Motz und seiner Schwester. Über Nacht waren sie aus der Kaserne geflüchtet, waren tagelang durch Wälder und über die Jöcher nach Hause gerannt, wo sie untertauchten. Mein Großvater brachte seinen Neffen im Stadel seines Bruders unter, wo der junge Mann wie eine Maus in einem Loch steckte und heimlich von Großvaters

Schwestern Essen bekam. Bald roch der Bauer Lunte. Und Großvater bekam es eilig. Er holte in derselben Nacht den jungen Mann aus dem Loch im Stadel. Der rannte hinauf in die Wälder, wo er sich mit den anderen zwei Deserteuren, dem Brüderpaar, verkroch und in Höhlen oder Hütten hauste und für eine lange Zeit verschwunden blieb.

Seit sich die Brüder in den Wäldern versteckt hielten, wurde es still auf dem kleinen Hof, der am Weg neben dem Bach lag. Die Bäuerin war noch da und Martha, die Tochter, und eine Kuh. Der Kaser Motz war verhaftet und abgeführt worden, weil man die zwei Söhne nicht finden konnte. Man suchte sie im ganzen Tal, das manche am liebsten auf den Kopf gestellt und ausgeschüttelt hätten, bis jeder Halm, jede Nadel und Ameise aus ihm herausgefallen wäre wie Schmutz, und die feigen Kriegsdienstverweigerer, die mit herausgefallen wären, hätte man mit einem Stahlbesen in einem einzigen Wisch in den Kehricht gefegt. Aber man fand sie nicht. Sie krochen in die dunkelsten Winkel im Wald, den sie besser kannten als jeder, der nach ihnen suchte. Als alles Suchen nichts half, verhaftete man den Kaser sowie die Mutter und sechs Geschwister der anderen zwei Deserteure und brachte sie ins Lager.

An einem Tag im Sommer stand mein Großvater im Feld seines Bruders und rechte Heu. Die Luft schwebte und war süß. Die Mücken flogen. Die Grillen schrien. Und bald war das Heu eingebracht. Bald das letzte gebündelt, ins Tuch gepackt und zur Materialseilbahn getragen. Dann zog das Heu im weißen Leinen durch die Luft wie eine Wolke. Mein Großvater schnürte gerade den Ballen, als er Großmutter das Feld heraufeilen sah. Er kannte diesen Schritt, der wie das Wort, das ihr zum Ausspucken im Mund, zum Absprung bereit in den Beinen lag: „Ich bleibe keinen Tag länger am Hof. So schamlos wie die Leute dort können nur Ungläubige sein."

Das war der letzte Tag beim Pichler. Dann zogen meine Großeltern mit drei von vier Kindern zum Winkler. Nach dem Winkler ins Häuschen in der Lacke und nach dem Krieg wieder kurz zum Pichler. In den Jahren beim Winkler und in der Lacke kamen drei weitere Kinder zur Welt. Mit jedem Unterschlupf und jedem Kind wuchs in meiner Großmutter das Gefühl, in anderer Schuld zu stehen. Das Gefühl steckte in ihr drin und wenn es aus ihr herauskam, hatte sie es im Nacken, bis es ihr den Hals streckte und nach vorne und hinunter bog. Nur den Kopf hob sie wieder wie den einer Sonnenblume, schwer auf einem Stängel.

Die Leute in der Lacke am Bach waren besonnen. Keiner dort meinte, für Ordnung sorgen und sich einen Zwei-Finger-Schnauzer rasieren zu müssen. Aber das Haus war klein und kalt. Man musste dauernd den Ofen schüren. Es blieb dennoch feucht und das behinderte Kind, verbogen vom Scheitel hin zur Sohle, weinte. Es war der jüngere Bruder meiner Mutter. Er war ein Jahr nach ihr geboren worden und mit einem Jahr an einer Hirnhautentzündung erkrankt. Seither schrumpfte er ein. Er wurde kleiner und kleiner, während der Kopf wuchs und die Rippen in die Lungen stachen. Voller Schmerzen lag er in einer Holzkiste, die der Vater gezimmert hatte, und verlor nach und nach den Verstand, der verschwand, als würde er durch einen lecken Eimer rinnen. Wenn der Junge Schmerzen hatte, jaulte er und im Krampf zuckten seine Händchen. Manchmal scharrten sie an der Kiste, als schabten sie an der Zeit, die ihm noch blieb. Meine Großmutter drückte den Jungen an sich, hütete ihn, bis er verstarb, wie ihren Däumling. Er habe die dunkelsten Augen der Welt gehabt, erzählte meine Mutter.

Als die Familie von einem Haus ins nächste zog und mal da und mal dort unterkam, war meine Mutter nicht mehr dabei. Sie war nicht mehr dabei, als ihre Mutter in der Lacke Feuer machte. Sie war nicht mehr dabei, als ihr Vater vom Kriegsende erzählte. Sie war nicht mehr dabei, als weitere Geschwister zur Welt kamen. Sie war nicht mehr dabei, als man am Tisch über die Straße sprach, die ins versteckte Dorf gebaut wurde. Sie kam als Zaungast zum Tisch und als Zaungast kam sie auf das Foto, auf dem ich sie neben den Geschwistern sehe. Eine Schwester im Erstkommuniongewand, ein Bruder mit Hut, meine Mutter mit gesenktem Kopf und in einer Schürze, als müsste sie sofort aufspringen und zur Arbeit rennen. Sie war nicht dabei, als der Vater die Grube aushob und das Häuschen am Bach baute. Sie war nicht dabei, als die Familie unter einem eigenen Dach einzog. Sie war nicht dabei, als die Familie nach dem Häuschen am Bach benannt wurde. Mutter gehörte, seit sie von zu Hause weggekommen war, nicht mehr dazu. Sie gehörte von da an zu niemandem mehr. Da war sie vier Jahre alt.

Wie will ich mir das vorstellen. Wie erzähle ich, dass sie von zu Hause wegkam. Wurde sie abgegeben wie Eier beim Nachbarn oder zur Aufbewahrung wie ein Mantel an der Garderobe? Wurde sie abgegeben wie etwas, das zu viel ist, oder wie etwas, auf das es nicht ankommt? Oder kam sie einfach weg, als hätte der Wind sie aufgehoben oder der Zufall sie abgeholt und weggetragen?

Ich will zurückgehen zum Zeitpunkt des Abschieds. Er trennte sie von der Familie und teilte die Kindheit in ein Vorher und Nachher. Ein Wendepunkt muss es gewesen sein, sehr kurz und ein winziger Augenblick im Verhältnis zum Leben. Vielleicht lief alles auch ganz gewöhnlich ab und es war ein ganz gewöhnlicher Tag.

Regnete es? Schien die Sonne? Nahm der Vater sie an die Hand oder war es die Mutter? Winkten ihr die Geschwister nach, als sie den Weg hinunter zur Brücke ging, weg von zu Hause? Mutter erzählte nie auch nur ein Wort davon.

Dass sie beim Kaser war, erwähnte sie in Nebensätzen, die so fielen, dass man sie beinahe überhörte, dass man sie überhören musste und dass sie schneller verschwanden, als man hätte nachdenken oder nachfragen können. Vielleicht fielen sie wie die Blätter im Herbst, deren kurze Schönheit ein unscheinbarer Tod ist.

Mutter erzählte von Martha. Dass sie wie eine Schwester war, mehr Schwester als die richtigen. Aber sie erzählte davon so losgelöst von allem, dass ich Martha nie in einen Zusammenhang mit dem Kaser gebracht habe und schon gar nicht damit, dass meine Mutter dort einige Jahre aufgewachsen sein könnte. Sie erzählte das wenige, um nicht vom anderen, dem Entscheidenden, zu erzählen, als hätte es keine Bedeutung.

Ich will mir vorstellen, wie es kam, dass sie gehen musste, und wie es vor sich ging, als sie ging. Ich muss wieder zurück zum Pichler, wo sie in zwei Kammern wohnten. Die Kälte, die Eltern, die vier Kinder, davon der kranke Bruder in der Kiste. Er lag darin wie in einer Streichholzschachtel, eingedreht und eingekrümmt in seine Armseligkeit, wie meine Großmutter sagte. Er gluckste nicht mehr vor Wonne wie auf dem Foto, auf dem ich ihn mit nackten Füßen unter den lachenden Geschwistern im Gras sitzen sehe. Da muss er etwa ein halbes Jahr alt sein. In der Holzkiste lacht er nicht mehr, er atmet schwer, hustet und stößt dumpfe Laute aus, als wollten sie, völlig vergeblich, einen Schmerz aus dem Jungen hinausdrücken. Er liegt in der Kiste und schreit. In der Wärme beruhigt er sich, etwa nahe am Ofen oder an der Sonne oder an einen Körper geschmiegt. Da wird er still. Da hören die Knochen kurz auf, die Lungen und Nieren zu erdrücken und in die Milz zu stechen, die unter dem verbogenen Gerippe keinen Platz mehr findet.

Manchmal müssen die zwei Schwestern auf den Bruder aufpassen. Dann ziehen sie die Kiste mit sich herum, schieben sie in die Kammer oder schleppen sie in den Hof, wo sie spielen, während sich keine Katze zum Kind in die Kiste legt. Das Kind wimmert, weint, stößt, kaum erträglich, Schreie aus, manchmal so schrill, dass sie die Luft sägen. Manchmal gibt es keine Schreie mehr. Auch kein Wimmern. Da liegt der Junge in seiner Kiste, blau wie ein Toter, und wartet noch einmal auf einen Atem. Der hat noch einmal Erbarmen und kommt. Zwängt sich zwischen Knochen und Rippen durch zu den Lungen. Öffnet sie, dass gerade genug Luft durchhuscht für ein abgerungenes Stück Leben.

Die Schwestern sind noch klein, als sie lernen, den Bruder in trockene Windeln zu legen, weil die Mutter für ein paar Kreuzer irgendwo aushilft und der Vater bei der Arbeit ist. Vorsichtig heben sie den kleinen Körper und drehen ihn zur Seite, sehen zu, dass das Wimmern nicht innehält. Sie legen die trockenen Tücher zwischen die Beinchen und wickeln den Bruder wieder ein. Das lernen sie früh. Das ältere Mädchen hat einen blonden Haarschopf und einen klugen und sturen Willen. Es ist quirlig wie Quecksilber, störrisch wie ein junges Kalb, ist überall und nirgends, streitet und liebt gleichzeitig. Das andere ist ruhig, seine Augen haben die Farbe von Moos. Ich nenne meine Mutter hier Mädchen. Es ist artig, schaut zu, was einer tut, und hört zu, wenn eine redet. Es ist gerne in Vaters Nähe, geht auf leisen Sohlen neben ihm her, weiß, wie die Perlen vom Rosenkranz im Hosensack durch Vaters Finger gleiten.

Das Kind, das meine Mutter war, musste man lieb haben. Es hatte Grübchen in den Wangen, dunkle Locken und schneeweiße Zähne. Wenn es lachte, öffnete sich die Welt. Es spielte mit der Schwester und stellte Fichtenzapfen unter ein Dach aus Reisig, die großen Zapfen waren Kühe und die kleinen Kälbchen im Stall. Das Kind, das Mutter war, war lieb zu haben. So erzählte es Martha, die zwölf Jahre älter war. Seit deren Vater verhaftet und ins

Lager gebracht worden war, musste sie daheim die Kuh versorgen, die Stallarbeiten verrichten und ihrer Mutter im Haus helfen. Sie passte beim Kaser auf meine Mutter auf wie auf eine kleine Schwester. Vielleicht war es in gewisser Weise auch umgekehrt, dass das Mädchen auf die große Martha aufpasste, die in ihrer feinen Art und der Gestalt einer Statue plötzlich eine Art Mann stehen sollte. Und dass sie das Mädchen, schon bevor es beim Kaser war, gern bei sich haben wollte. Es kann auch sein, dass Marthas Mutter im Mädchen ihre tote Schwester wiedererkannte, die dieselben Haare und moosgrünen Augen gehabt hatte wie meine Mutter. Dass sie mit meiner Mutter ein Stück der Schwester zu sich ins Leben holen wollte.

Es könnte auch gewesen sein, dass mein Großvater mit seiner Schwester darüber redete, dass es eng sei in den zwei Kammern beim Pichler und dass oft so wenig Essen für alle da sei. Seine Schwester könnte gemeint haben, jetzt, wo auf dem kleinen Hof fast keiner war, könne eines der Kinder, etwa meine Mutter, doch zu ihr und Martha kommen. So könnte es gewesen sein. So ganz und gar gewöhnlich, zumal es ganz und gar nicht außergewöhnlich war, dass Kinder, die man nicht durchfüttern konnte, in die Fremde gegeben wurden. Und weil beim Kaser nicht einmal die Fremde war, sondern die Tante und die Cousine, die meine Mutter so lieb hatte, war es auch für meine Großeltern fast gewöhnlich oder zumindest nicht außergewöhnlich, ein Kind dort unterzubringen, so wenige Kilometer weiter in der Enge des Tals.

Die Kammern beim Pichler sind niedrig und klein. Der größte Platz darin gehört der Kälte. Wie Schneewittchen legt sie sich in jedes Bett, legt sich zum wimmernden Kind in die Kiste, bis das Kind schreit, eingepfercht zwischen Kälte und Schmerz. Schneewittchen ist auch der Hunger. Sitzt mit am Tisch und isst aus jedem Teller, klappert mit dem Löffel und schlürft schamlos Suppe. Schneewittchen ist auch die Armut, die sich auf den letzten Stuhl setzt und sich die letzten Kreuzer unter die Schenkel schiebt. Schneewittchen muss gehen, sagt der Blick meiner Großmutter. Nickt dann mein Großvater? Geht er aufs Feld und denkt nach? Oder wartet er, bis es meine Großmutter noch einmal sagt und noch einmal, und bis dahin hat sich in seinem Kopf die Frage eingenistet, wen es treffen könnte, und wie von allein richtet sich eine Antwort ein. Sie nennt keinen Namen und spricht keine Entscheidung aus, aber eine fällt.

Es traf meine Mutter, die gehen musste. Der fromme Vater nahm sie eines Morgens an die Hand und ging mit ihr zu seiner Schwester. Zuvor hatte die Mutter ein Bündel geschnürt, hatte zwei Kleider,

Strümpfe und einen Mantel für den Winter eingepackt. Sie hatte dem Kind die Zöpfe geflochten, sie durch die Hände gleiten lassen wie Aale, bis die Haare und die Zeit zu Ende waren und es nichts mehr zu flechten gab. Dann nahm sie die Schuhe und wischte darüber, wichste sie mit Spucke, als müsste sie die aufgesprungenen Ritzen damit verkleben und einen geschmuggelten oder gemogelten Glanz darüberlegen. Als das Kind fertig gemacht und für den Aufbruch eingepackt war, drückte sie ihm ein Kreuz auf die Stirn. Mit ihrem weihwasserbenetzten Daumen teilte sie die Stirn in vier Quadrate wie Gott die Welt in die vier Elemente. Dann ging der Vater mit dem Mädchen und seinem Bündel zur Tür hinaus und sie fiel zu wie immer. Sie gingen auch über den Hof wie immer, bei den Hennen und am Garten mit dem Fingerhut vorbei, am Misthaufen, am Zaun, an Jauchepfützen und an der Stelle für die Kiste mit dem kranken Jungen. Es hätte sein können wie die Uhr aufziehen, die Tür verriegeln, den Holzboden spülen oder Maulwürfe erschlagen.

Sie kam von daheim weg, als hätte sie der Wind mitgenommen.

Er hatte sie aufgeklaubt und weggetragen und keine Vaterhand hatte sie festgehalten. Der Vater war ja der Wind. Der Wind musste Wind bleiben und der Vater Vater und das Kind Kind. Auch als sie Frau und Mutter und Großmutter war, musste meine Mutter das Kind bleiben, das nicht fragt, das nicht einmal denken durfte zu fragen. Vater und Mutter liebten sie und Vater und Mutter musste man ehren. Ihre Mutter strahlte, wenn sie zu Besuch kam und Schwarzbeeren aus dem Blechteller aß, und Vater schnitzte ihr eine Maipfeife beim Bach vor dem Kaser.

Manchmal stieg dennoch die Frage nach dem Warum auf. Weiß Gott, woher. Dann fühlte sich das Kind schuldig. Die Frage stülpte es um wie einen Sack. Sie wurde zur Schuld, die zudrückte, als müsste sie das Weggehen auslöschen und mit ihm das Mädchen, das danach fragte.

Dafür schämte es sich und wusste gar nicht, ob für die Schuld oder die Frage oder den Schmerz, denn alles war gleichermaßen da und keines davon durfte es geben. So war es der Scham ausgesetzt wie einmal dem Wind, der eines Tages gekommen und das Mädchen mitgenommen hatte. Er hatte es fortgetragen und der Scham übergeben und die Scham trug es weiter, bis sie es absetzte, irgendwann und irgendwo, und es war das Versteck, in dem sich das Mädchen wiederfand.

Es endete nicht dort. Die Frage wuchs mit dem Kind und sie wuchs in die Frau hinein, zu der das Kind wurde. Sie pochte in ihrem Kopf und pochte in ihrem Körper, sie pochte unter Mutters weißer Haut, die nicht imstande war, die pochende Frage zuzudecken. Wie ein Gesicht unter Wasser schimmerte sie durch und kam wieder und wieder zum Vorschein, kam hochgeschwemmt wie eine versenkte Leiche und blickte, im Trüben schwebend, verzerrt meine Mutter an. Sie ließ sich nicht niederhalten, Mutter war nicht fähig dazu. Dafür fühlte sie sich schuldig. Für die Frage und das Unvermögen, die Frage nicht genug begraben und sie nicht tief genug versenkt zu haben, sodass sie immer wieder aufstieg, sich vom Grund löste und durch ihr Leben durchschimmerte, ohne dass sie sich zeigte. Dann schämte sich meine Mutter wieder für die Schuld. Für die Scham, die pünktlich kam, schämte sie sich nicht. Die Scham durfte sein, sie gehörte sich, während sich das Fragen nicht gehörte. Die Scham, die meine Mutter ins Verschwinden rettete, traf sie ganz, erfasste sie mit Haut und Haar, bald band sie Kopf, bald Körper an sich, sodass sich Kopf und Körper wie aufgehetzte Geschwister zueinander verhielten, die hechelnd um die Gunst des Vaters stritten, eines ins Unermessliche, Unerreichbare erhobenen Gesetzes, dem die Scham stolz diente. Mutter sah es nicht. Sie erkannte es nicht. Es stand mit der Brille auf der Nase im Feld und wetzte milde lächelnd die Sense. Vaters Gesetz blieb unsichtbar.

Mein Großvater starb im Herbst, der schon Winter war. Kaki leuchteten in den schwarzen Ästen, der

Baum ein Leiermann im Schnee. Ich ging in die zweite Grundschulklasse. Ich trug Schottenröcke und hatte einen Wachstumsfehler. Ein Bein war etwas kürzer als das andere, das andere dem einen um wenige Zentimeter voraus. Es musste gestoppt werden. Also kriegte es einen erhöhten Stöckel am Schuh verpasst, auf dem ich mich hinken fühlte, links um einen Halbton sinkend, klapperte ich auf den ungleichen Schuhen. Ich hasste sie. Hasste den hässlichen Halbtonstöckel. Wollte nicht darin in die Schule gehen. Als mein Großvater starb, war ich froh, dass ich nicht zur Schule musste, sondern zu Großmutter fahren durfte, der mein Klotz am Bein egal war.

Das Haus am Bach lag im Schatten, der Schatten war frostig und kalt. Mein Großvater lag im offenen Sarg in der kleinen Stube. Er war der erste Tote, den ich sah. Reglos lag sein Körper da, starrer als das Holz vom Sarg und das Holz der Stube, die plötzlich zur Kiste um eine Kiste herum wurde. Seine mageren Beine stießen am Sargende an, die Hände gefaltet auf der Brust, verwickelt im Rosenkranz. Sie waren so bleich und weiß wie die einer Marmorfigur, glatt und poliert, als wären sie geschliffener Stein und immer schon tot gewesen, gehauen und gemeißelt, gemacht zur Betrachtung. Nie hatte ich mich ihn so anzuschauen getraut wie jetzt in seinem Sarg. Ich sah hin und suchte den Atem, täuschte mich, als ich meinte, die Brust unter der Joppe würde sich heben. Aber nichts an dem Körper rührte sich. Das war tot. Mein Großvater war für mich der Erfinder des Todes.

Bevor er in die Kirche getragen wurde, legte man den Deckel auf den Sarg und schraubte ihn an. Eine Schraube nach der anderen drehte man in das Holz und schloss für immer den Sarg. Da fing meine Mutter an zu weinen. Sie klammerte sich an ihr nasses Taschentuch und ihr Gesicht zerrann und sie konnte es nicht halten.

Es war ein eiskalter Tag, als man Großvater begrub. Eine bleierne Ehrfurcht lag über der Trauergemeinde. Ein Gesetz, das wie die Zahnräder des Verstorbenen seine Arbeit tat. Über Tote nichts als Gutes. Zum Gesetz kam für Mutter das vierte Gebot dazu, *Du sollst Vater und Mutter ehren.*

Es ist, glaube ich, Scham, von einem Schmerz nicht sprechen zu können, der keine Täter nennen und nicht einmal denken darf. Dann bleibt auch der Schmerz ohne Namen, so, als gäbe es ihn nicht. Ob es auch Scham ist, den Schmerz, der nicht sein darf, dennoch zu empfinden? Er verwandelt sich in Schuld und Schuld ins eigene Versagen oder in den Zweifel, ob es das, was ist, überhaupt gibt.

Als der Vater das Kind zur Kaserin brachte, gab es goldgelbe Mäuschen zum Tunken. Am nächsten und an allen folgenden Tagen gab es den Brotkorb an der Decke. Wie ein umgekehrter Lampenschirm hing er hoch oben an einem Haken, von dem man ihn an einem Seil herunterzog. Er hing in der Speisekammer, wo niemand daraus stehlen konnte. Aber das hätte auch bestimmt keine getan, nicht einmal versucht, die zahme Martha nicht und meine Mutter nicht. Die Speisekammer mit dem Brotkorb an der Decke sperrte die Kaserin zu und steckte den Schlüssel in ihre Schürze.

Was in den vier Jahren beim Kaser geschah, weiß ich nicht. Ich kann es durch nichts in Erfahrung bringen.

Ich gehe schlafen. Ich gehe ins Bett. Ich könnte getragen werden. Ich gehe. Ich gehe schlafen.

Bald erwache ich. Es muss vier oder halb fünf sein, denn es schlagen schon die Vögel. Ich sehe die Dämmerung in den Bäumen, kühl wie eine Fremde. Weder Tag noch Nacht, hängt sie darin wie ein drittes Geschlecht und klimpert schwer mit den Lidern. Ich schlafe ein.

Bald erwache ich wieder, umlagert von Träumen auf dem Leintuch. Es sind die Schatten vom Baum, die durch das Fenster fallen, vielleicht auch zerdrückte Gedanken, eingekeilt in meinem Kopf. Ich kann nicht unterscheiden.

Ich drehe mich auf die andere Seite, schlafe ein, erwache wieder. Schiele über das Leintuch, ein Relief zerklüfteter, winziger Täler. Ein Windstoß fährt durchs Zimmer, fast meine ich, es ist der, in dem ich die Lampe ausgemacht hatte. Da war es aber dunkel gewesen und das Fenster ein schwarzes Quadrat. Das muss jetzt ein anderer Luftzug sein und ich, eingenistet im Kissen, muss inzwischen irgendwie angeschwemmt worden sein im ersten Morgen.

Etwas später bin ich wach unter den geschlossenen Augen. Ich könnte aufstehen, könnte Kaffee machen. Könnte die Fenster aufreißen, als wäre ich der einzige Mensch in der kühlen Frühe eines neuen Tags. Ich bin nicht dieser Mensch. Ich bleibe liegen unter dem Windzug, der von gestern sein könnte. Meine Hand fährt über das Bett. Tastet nach einer Hand.

Sie war acht, als sie zum Hof am Nordhang kam. Da setzt Mutters Erzählung in Bruchstücken ein, kleine Geschichten, die ich von ihr habe, etwa die Geschichten vom Heimweh. Dass sie über die Felder zu den Geschwistern und Eltern lief, so oft und schnell sie konnte, und auf dem Weg durch den Schnee Lieder sang. Die Geschichte von den Gedichten, die sie hinterm Haus in die Luft hinausschrie. Sie mochte das Gedicht von den Krähen, die „schrei'n / Und ziehen schwirren Flugs zur Stadt". Sie mochte die Zeile „Bald wird es schneien". Bald: Wenn das Licht kühl und trüb wird und die Luft darin schwebt, wenn sie milchig wird und dünn, so dünn wie nur wässrige Milch. Das kannte sie, den Augenblick vor dem Schnee. Aber „Flugs" verstand sie nicht, das wie „Flachs" klang. Das kannte sie, den Flachs, den man brach, schwang und hechelte. Im Winter drehte man ihn zu Zöpfen und spann ihn zu Garn. Aus dem Garn kam das Leinen, aus dem die Laken waren und Tücher, Seile und die Stricke, die an den Balken und Nägeln wie aufgewickelte Gedärme hingen, meterlang und mehrere Finger dick, Stricke, mit denen man die Stämme auf die Schlitten band, sie aus den Wäldern zog, wenn sie nicht einen unter sich begruben. Stricke, mit denen man die Kälber aus den Kühen herauszog, wenn sie nicht von allein kamen. Davon wurden die Stricke blutig und blieben braun, nicht wie der Flachs, der grau und trocken schmeckte, der nach Harz und Holz roch und der, auch wenn er rau, doch immer edel war. Das Leinen war edel, der Strick nicht. Am Strick blieb das Blut kleben wie das Blut auf dem Haupt von Jesus. In jedem Blut sah Mutter das Blut von Jesus. Auf seinem Haupt, aus seinem Herz, aus der Brust, aus den Händen. Jesu Blut tropfte wie Pech aus seinen Wunden, glänzte wie Rubine, leuchtete wie pralle Beeren, die Vögel mit ihren spitzen Schnäbeln peckten. Süß, dunkel und schwer pappte das Blut an Jesus, war Schmuck und Tod, Leid und Demonstration des erniedrigten Höchsten. Meine Mutter sah, wie Jesus unter die Dornenkrone ging und Menschensohn wurde, wie er alle Herrlichkeit aufgab und für die Erlösung der Sünder den Schmerz auf sich nahm, wie er ihn auf die Schultern hievte, barfuß und in einem Gewand wie ein Nachthemd, und ihn trug oder ertrug, den unermesslichen, grausamen Schmerz. Und als sie Jesus schon wieder für die Menschen leiden sah, lief meine Mutter schneller, damit sie mit ihrer Sünde nicht noch einmal auf die Dornenkrone drückte, unter der der Gottessohn sich krümmte. Meine Mutter lief schneller, sie lief mit den Versen und lief endlich in die Zeile „Flieg', Vogel, schnarr'" hinein, als wäre die Zeile die Kante, auf der Mutter in den Himmel absprang, und sie flog, spürte die Zeilen im ganzen Körper. Vielleicht war das eine Form von Erlösung? Ein Gedicht, das meine Mutter in die kalte Luft hinausstieß? In der Weise, wie sie davon erzählte, könnte es so gewesen sein. Sie erzählte ja so innig von den Gedichten, die sie wärmten.

Aber ich glaube ihr nicht. Warum stieß sie Gedichte in die Luft, wenn sie allein war? Warum sang sie laut gegen die Kälte? Sie schrie die Lieder aus voller Kehle, von ganzer Seele, mit aller Kraft. Was schrie sie in den Himmel hinaus, wenn sie allein war und keiner sie hörte? Schrie sie, *dass* keiner sie hörte? *Dass* keiner sie sah? Dass man sie übersah und überhörte und schon war sie nichts? Mutter schrie die Gedichte, die niemand hörte, nicht gegen die Kälte. Sie schrie, dass man sie hörte. Sie schrie gegen das Nichtssein an, sie schrie in die

Leere hinaus, sie schrie sich die Kehle aus und mir erzählte sie, wie sie Gedichte liebte. Mutter, was erzählst du mir da?

Sie wurde herumgeschubst und musste brav und tüchtig, musste klein sein wie die kleine Dirn. Oft versteckte sie ihre Hände, die sie nicht mochte, obwohl sie zierlich waren. Sie versteckte die Muttermale, das Butterschlagen, das Boden Spülen. Sie verbarg es vor mir, und ich sah das Verbergen. War es tatsächlich Scham vor mir?

Sie kam vom Kaser über die Felder hinauf zum Hof. Hatte sie ein Bündel? Eine Tasche? Sicher keinen Koffer. Sie kam ohne Koffer und setzte sich ans Küchenfenster. Saß da in dicken Strümpfen und die dicken, dunklen Zöpfe liefen über die Schultern. Sie schaute auf den Boden, schaute auf Schuhe, von da auf eine Schürze hinauf über einen Buckel, einen Haarknoten im Nacken und auf die offene Feuerstelle, wo Wasser kochte. Der Deckel klapperte auf dem Topf über dem Wasser. An der Decke der Ruß, in dem das Feuer, sich spiegelnd, glänzte. Der Dampf drückte gegen den Deckel, warf ihn hoch und der Deckel tanzte. Die Bäuerin, die zu den Kartoffeln ging, sagte kein Wort, schälte nur stumm Kartoffeln. Es war vielleicht Herbst und Nebel zog über die braunen Felder.

Es könnte auch Winter gewesen sein. Es könnte Ende Sommer gewesen sein, wenn die Sonne noch warm auf den Rücken scheint und die Mücken langsam müder fliegen. Ich könnte schreiben, es war ein kalter Sommer und das Fell der Hunde war immer nass, das Heu schwärzte und faulte. Ich könnte schreiben, es war Winter und die Mütze verdeckte keine Zöpfe. Es war aber Herbst, sage ich, als meine Mutter über die Felder auf den Hof hinaufkam und sich ans Küchenfenster setzte. Sie kam vom Kaser herauf, vom Talstück hinter der Kirche. Als man sie auf dem Hof aufnahm, war sie acht, ein Mädchen mit feinen Zügen. Da war sie schon als Dirn zu gebrauchen gewesen, wie sie später als Ehefrau zu gebrauchen gewesen war. Das sagte mein Großvater zu meinem Vater vor der Hochzeit. Als Dirn war sie am Hof zu gebrauchen gewesen, auch wenn die Gedichte, die sie mitbrachte, gewiss zu nichts nütze gewesen waren. Sie kam auf den Hof, von dem mein Großvater kam, zur Bäuerin, die es an den Nerven hatte.

„Sie hat meine Aufsätze geschrieben und ich ihre Mathearbeiten. Sie war gut in Deutsch, ich in Mathe. So haben wir vor der Schule die Aufgaben ausgetauscht. Aber es war so langweilig dort. So stupid und sinnlos.“ Meine Tante schiebt sich die Brille auf die Nase, niest, schiebt die Brille noch einmal hoch und das Kinn nach vorne wie einen Pflug, der alle Dummheit der Welt auf einmal aus dem Weg räumt. „Um nichts in der Welt wollte ich da länger bleiben. In der Schule nicht und im Dorf nicht und im Tal nicht. Und sie auch nicht. Sie ganz und gar nicht, deine Mutter. Aber sie traute sich nicht, es zu sagen. Nie hätte sie es gesagt. Niemals."

Ich sitze in der Küche bei Mutters älterer Schwester. Ich bin noch einmal ins Tal gefahren, um noch etwas aus ihm herauszuholen. Es muss noch etwas von dem freigeben, was Mutter dort liegen ließ und doch nie verließ.

Meine Tante hat die Haare blond gefärbt, in halben Locken liegen sie auf dem Kopf wie goldene Buchteln. Die Gläser der Brille sind so dick, dass die Augen dahinter glubschen. „Die großen Klassen und die vielen Kinder in einem Raum, der rauchende Ofen. Und immer dieselben Dinge, mit denen der Lehrer kam. 100-mal derselbe Radius. 100-mal dasselbe Thema. 100-mal derselbe Andreas Hofer. Entsetzlich." Meine Tante sitzt vor mir am Tisch, sie redet in knappen Sätzen und wenn sie lacht, kneift sie die Augen zusammen und bekommt die Grübchen in den Wangen, die auch meine Mutter hatte. Dann erzählt sie von der Donizetti, in der sie in der untersten Kajüte schlief. Aus dem Bullauge sah sie die Fische vorbeischwimmen. Drei Wochen lang Fische vor dem Fenster und drei Wochen lang war ihr schlecht. In der vierten Woche landete meine Tante in Amerika. Fotos sind auf dem Tisch, Zeitungen, Kaffeetassen, eine Karaffe Saft, aus der sie mir immerzu nachschüttet. Die Wintersonne scheint in den Raum, Staub tanzt und ich sehe die feinen Äderchen im Gesicht meiner Tante. Sie zündet sich eine Zigarette an. Sie bläst durch die Nase. Sie wirft den Kopf in den Nacken und sagt: „Nein." Das tut sie wie Edna von den *Incredibles*. Schaut mir gerade ins Gesicht und sagt: „Nein. Geschämt habe ich mich nie. Ich habe immer getan, was ich wollte. Nichts gesagt und dann getan. Und darauf stolz gewesen." Sie kippt die Asche in den Aschenbecher und schiebt einen Arm unter ihre Brüste, die wie Bratäpfel auf ihm liegen, der andere Arm ist der Halter der Zigarette. Rauch steigt auf mitten in ihrer Küche. Meine Tante öffnet ein Fenster. Kommt wieder zu mir an den Tisch. „Aber deine Mutter hat mir immer leidgetan. Sie hatte eine schlimme Kindheit da oben auf dem Hof, einem düsteren Ort. Da gab es nur Arbeit und die böse Bäuerin. Es war hart da oben, schrecklich hart."

Kalte Luft kommt herein, sie hebt den Rauch auf. Ich höre, was meine Tante sagt, ich wiederhole es als Frage. Meine Tante nickt, sagt Ja. Der erste Mensch, der ausspricht, was ich noch nie gehört habe und was keiner gesagt hat, als wäre es nichts und als hätte es nie das Kind in der Härte und Bosheit auf dem Hof gegeben. Ich höre es zum ersten Mal.

Es ist Herbst, als meine Mutter am Küchenfenster sitzt und auf den Boden schaut. Am offenen Herd steht die Bäuerin, wirft Erdäpfel ins Wasser und sagt kein Wort. Die Haare streng nach hinten gebunden, am Hinterkopf hochgesteckt und mit Nadeln durchstochen, beugt sie sich über den Topf. Tief über den Augenhöhlen die Stirnknochen und das Gesicht darunter ohne Regung. Es ist finster wie der Ruß an der Decke. Ich sehe meine Mutter am Küchenfenster. Ich sehe sie mit gesenktem Blick auf den Boden schauen, dann auf die Beine am Herd, zwei dürre Stelzen in den Schuhen unter einem schweren Kittel. Darüber eine dunkle Schürze mit einem Muster von Rauten, ein Gitter über Stoff, Kittel und Beine. Ein Schnäuztuch schaut aus der Schürzentasche, die Bäuerin packt es am Zipfel und putzt sich die Nase, schnäuzt einen Batzen voll Bosheit in das Tuch, während sie den Deckel auf den Topf schlägt, als müsste sie den Leibhaftigen niederdrücken. Sie steckt das Schnäuztuch wieder ein, greift nach dem Schürhaken und stochert ins Feuer. Sagt kein Wort. Hebt den Deckel vom Topf, in dem der Dampf nach oben drückt, und legt ihn wieder darauf, ohne den Topf nun ganz zu schließen. Ob sie spürt, dass etwas an ihr hochkrabbelt, fragt sich das Mädchen, das auf die schmale Wade und die dicke Spinne starrt, die hinter dem Kittel verschwindet. Das Mädchen ekelt sich vor Spinnen wie andere vor Schlangen, kann das Schütteln nicht halten, das von ganz innen ins Äußerste fährt. Das Mädchen zieht die Beine ein, schiebt die Hände unter die Schenkel und während es zur Bäuerin starrt, die bucklig und starr am Herd steht, senkt sich sein Kopf immer tiefer und die Augen werden dunkler und flacher der Atem. Wie soll es den Mund aufkriegen vor einer, die nicht spricht und die die Stirn immer tiefer ins Gesicht hinunterdrückt. Die Bäuerin geht zur Holzkiste, nimmt ein Scheit und wirft es ins Feuer. Schaut finster ins Leere und hat keine Ahnung von einer Spinne. Als sie die Blicke des Mädchens spürt, dreht sie sich mit einem Mal um. „Zieh dir eine Schürze an“, zischt sie, „lass dir von Alma eine geben.“ Sie schaut das Mädchen gar nicht an, zuckt nur mit dem Kopf wie ein Huhn und wirft die Hand in die Luft wie eine Fliegenklatsche, auf der totgeschlagene Wörter kleben.

Sie könnte bald schreien, sie könnte strafen. Bald könnte ihr Gesicht zucken und man erschrickt und weiß nicht, ist es Zorn oder sind es die Nerven, man weiß nur, die Bäuerin duldet keine Nähe, kennt nur Befehle. Ist härter als Granit und geht willkürlich ins Gericht, mal mit dem einen, dann mit dem anderen und permanent mit allen. Immer ist ihr Blick streng, ihre Hand nie in einer anderen. Ihre Kälte hängt über dem Haus wie der Herrgott im Winkel. Aber das alles ist nicht so beängstigend wie die Leere, in die sie manchmal starrt und die sie einfriert zu einer toten Krähe.

Es gibt noch die Buben, die heranwachsenden Söhne des verstorbenen Bauern. Sie poltern in harten Schuhen über den Bretterboden. Sie fallen in die Küche herein und die Luft wird schmierig von Säure und Schweiß. Einer wundert sich über das Kind am Fenster. Der Kräftigste achtet gar nicht darauf, er denkt an das Wild im Wald und es schwillt ihm die Halsschlagader.

Mit der Tochter teilt meine Mutter die Kammer. Die schmale Alma nimmt sie an ihre Seite. Bald wird sie dem Mädchen das Stricken zeigen, das Spinnen und Butterstampfen. „Du musst ruhiger sitzen", wird sie sagen, „und musst bei der Arbeit bleiben. Sonst kommst du nicht weiter." Was sie am Abend im Bett, wenn die Kälte weiß und steif auf der Decke liegt, sagen wird, frage ich mich. Aber ich glaube, Alma weiß nicht, was sagen. Es fällt ihr nichts ein. Es fällt ihr auch nicht ein, dass sie etwas sagen könnte. Es ist die Zeit zum Niederlegen am Abend und Zeit zum Schlafen in der Nacht. Mehr nicht.

Vielleicht kann jemand gar nicht gehört werden, wo nicht geredet wird. Wo es nicht mehr zu reden gibt als das Nötigste und wo das Nötigste zum Butterkübel, zur Mistgabel und zum Heufeld gehört. Wo es nicht mehr zu sehen und zu hören gibt als die Arbeit und die Befehle, die die Wörter und Sätze, die sich noch mit einem Gedanken verkuppeln und über Erdbuckel, Huflattich und Kuhhäute huschen, niedersengen. Da rinnt das Reden einfach aus und versickert, vertrocknet und verschwindet. Es macht Almas Kopf zu einer geschrumpelten Rosine und entlässt die Buben nie mehr aus ihren genagelten Schuhen.

Das kann ich nur mutmaßen. Mutters Erzählungen sagten nichts davon. Sie gehen nie weiter als die Bilder und Geschichten, die ich habe, darunter die von der Lawine, und die gehört dem ganzen Tal. Sie ereignete sich am 21. Jänner 1951.

Lange vor Weihnachten hatte es begonnen zu schneien. Das muss vor Allerheiligen gewesen sein. Der Herbst trug noch die gelben Blätter und die Nadeln der Lärchen, als über Nacht der erste Schnee fiel. Am nächsten Tag waren die Blätter und Nadeln weg. Der Winter war da, der nicht mehr ging. Übers Jahr brachte er so viel Schnee, dass er meterhoch auf den Dächern lag. Dann schneite es wieder und wieder, und um die Mitte des Monats schneite es fünf Tage lang hintereinander. Man sah die Landschaft kaum mehr, und hätte man sie nicht gekannt und gewusst, wo die Häuser liegen, hätte sie sich vor aller Augen aufgelöst und ausgelöscht.

Am Nachmittag vom Sonntag der heiligen Agnes ging man noch zum Rosenkranzbeten in die Kirche.

Bald darauf wurde alles still. Die Wälder, die Hänge, der Schnee, die unter der Schädeldecke hämmernden Gebete. Der Weg zum Graberhof lag zwischen weißen Wänden. Als meine Mutter zu den Kindern hinüberlief, war der Himmel grau und das Wetter tauig. So steht es in der Zeitung zwei Tage später, auch in der Wochenzeitung von damals, die ich im Archiv finde.

Was dann geschah, beschreiben die Berichte ungefähr so: Gegen halb sechs am Abend lösten sich hoch oben am sonnseitig gelegenen Schönberg die Schneemassen. In einem unaufhaltsamen Lauf entwurzelten sie Bäume, rissen alles mit sich und zertrümmerten unterhalb des großen Waldgürtels, der bisher Schutz war, zwischen den Gräber- und Bruggerhöfen den Graberhof, in dem die Brüder Thomas und Johann K. mit ihren Familien wohnten. Zunächst stürzte eine Windlawine auf den Hof zu und knickte die Bäume. Danach folgte eine Schneelawine, die sich bis ins Tal hinunterwälzte und drüben eine Scheune ein Stück den Hang hinaufschob. Am Graberhof wurden insgesamt 15 Personen, das ganze Vieh mit allem, was daran gebunden war, unter der Lawine von rund 300 Meter Breite begraben. Teile des Gehöfts, Türen, Fenster, Balken wurden durch die Wucht der niederstürzenden Massen in die Luft geschleudert. Unter der Lawine starben die 51-jährige Bäuerin und drei Kinder, darunter der kleine

Peter, den man noch schwer verletzt aus den Trümmern zog und zum Nachbarhof brachte. Dort starb er zwei Tage später. Zwei Geschwister fand man am nächsten Tag eng umschlungen unter den Trümmern. Sie überlebten.

Meine Mutter hatte sich die Schuhe ausgezogen, nachdem sie vom Graberhof zurückgekehrt und am Hof angekommen war, nachdem sie am Schnee, der wie ein Hofhund vor der Haustür lag, vorbeigestiegen war. Sie hatte den Schnee aus den Zöpfen geschüttelt und war in die Patschen geschlüpft, als ein mächtiger Lärm das flimmernde Licht am Hof auslöschte. Mit einem Mal war alles stockdunkel und stumm. Vor den Fenstern die Massen von Schnee, die an die Scheiben drückten und nicht mehr weiß wie das Nichts waren, die vielmehr keine Farbe mehr hatten, sondern nur noch Dunkelheit waren. Im oberen Stockwerk waren die Fenster frei geblieben. Von dort aus sah man die weißen Felder und den Himmel wieder, aber nicht mehr den Graberhof, auf dem meine Mutter eben noch gewesen war. Die Lawine hatte ihn vom Erdboden geräumt.

So entging meine Mutter dem Tod, erzählte sie. Wäre sie bei den Nachbarn geblieben, wäre sie gestorben. Meine Großmutter wäre gestorben, wäre sie nicht bei der Nachbarin geblieben. Sie saß auf der anderen Talseite bei der Eggerin und wollte nach Hause zum Pichler aufbrechen. Da hielt sie die Eggerin zurück, um ihr zu erzählen, wie froh sie um den neuen Pfarrer war. Beim alten hatte sie immer Angst gehabt, dass sie sich an der Kommunion versündigen könnte. Einmal war ihr als Kind die Hostie am Gaumen kleben geblieben. Die ganze Wölbung der Mundhöhle war ausgelegt mit der dünnen Scheibe vom Fleisch Christi, einem Hauch, der höchstens seine Haut sein konnte, die sich an den Gaumen pappte und nicht herunterwollte, die das Kind mit der Zunge abschaben musste und nicht wusste, ist es Ekel oder Sünde, mit der Zunge die Haut oder das Fleisch oder den Leib Christi zu berühren. Sie hatte beichten müssen, dass sie die Hostie oder den Heiland im Mund behalten und nicht sofort geschluckt hatte. Seither hatte sie Angst vor dem Jesus im Mund. Jedes Mal, wenn ihn der Pfarrer in sie hineinschob, dachte sie nur daran, ihn haarscharf an Gaumen, Zunge und Sünde vorbei und schnell hinunter in den Magen zu kriegen. Würde er noch einmal an ihrem Gaumen kleben und sie etwas von ihm schmecken, wäre sie für die Rettung und jede Erlösung verloren gewesen. Das hatte sie sich bisher nie zu sagen getraut, so groß war die Angst vor der Kommunion. Für die Kommunion musste man alles ablegen, bis nichts mehr von einem übrig blieb, jedes Schmecken, jedes Essen, jedes Gefühl, außer einem für die Sünde, wie die

Marianne, die auf dem Heimweg von der Christmette ein wenig Schnee geleckt hatte. Am Christtag vor der Messe fragte sie den Pfarrer, ob sie die Kommunion empfangen dürfe, auch wenn sie ein bisschen Schnee geleckt hatte. Aber der Pfarrer sagte Nein. Einem unreinen Kind verweigerte er den heiligen Jesus, so, wie er auch den unreinen Wöchnerinnen den Eintritt in die Kirche verweigerte und sie, schmutzig und dreckig, befleckt von Erbsünde, vor dem Kirchentor stehen ließ, bis sie nicht ausgesegnet waren. Davon erzählte die Eggerin meiner Großmutter am Nachmittag vom Sonntag der heiligen Agnes, und so wurde meine Großmutter durch deren Erzählung vor den Schneemassen gerettet, die sich vom Schneeberg ins Tal hinunter- und auf die andere Seite bis zum Pichler hinaufschoben.

Durch so wenig geschieht das Entscheidende. Dass eine früher und eine andere später aufbricht. Dass die eine geht und die andere bleibt und beide bleiben am Leben. Dass meine Mutter als Vierjährige von zu Hause weggegeben und mit acht weitergereicht wurde. Es schien so beiläufig, als müsse kein Wort darüber verloren werden. Meine Mutter machte die Lawine zum großen Ereignis, den Schulweg und das Singen im Schnee. Es konnte nie laut genug sein, um damit zu überschreiben, was ich nicht wissen sollte.

Auch von ihrem Hunger nach Wissen erzählte sie. Dass sie gerne etwas gelernt und studiert hätte. Aber ich kann das nicht Erzählen nennen. Es waren immer diese Sätze, die sie wiederholte, als wäre sie mit ihnen übrig geblieben und müsste sich selbst ihrer schämen.

Ihre Geschwister kamen nach und nach an die Schulen, manche an die Universität und manche gingen über kurz oder lang in die Welt hinaus. Für meine Mutter war all das nicht vorgesehen. Mit der Entscheidung, sie als kleines Mädchen jemandem unterzuschieben und dann als Dirn auf den Hof zu bringen, war eine Bildung ausgeschlossen. Sie war ja tüchtig und brav auf dem Hof da oben, sie war ruhig, mehr sah man nicht. Mehr brauchte man nicht. „Wir hätten dich auf die Schule schicken sollen", soll ihr Vater viel später einmal zu ihr gesagt haben. Der heilige Vater. Er schnürte ihr noch einmal die Kehle zu, sanft, wie er war, dass nur ein Knöchelchen knirschte, was niemand hörte.

Später kam sie aus dem Tal hinaus, sie lernte den Mann kennen, der groß und kräftig war, der ihr Wohlstand und Sicherheit bot und mein Vater wurde. Vom Hof war sie weg. Das Singen gegen die Kälte brauchte es nicht mehr. Es fehlte ihr an nichts, wie man sagt. Nur dass das Nichts jetzt überall sein konnte. Als hätte sie es an den Fußsohlen mitgenommen.

Mutter konnte Gott herholen.

Sie machte das Kreuzzeichen und stieg in eine innere Kammer hinunter. Das Gebet leuchtete ihr den Weg aus, dann war sie weg. Wenn Mutter betete, drang nichts mehr von ihr nach außen und mir schien, auch nichts mehr zu ihr hinein. Ihr Körper, der eine Schürze gleich vornehm trug wie ein Kostüm, war mit einem Mal eingefroren. So war es bei den Tischgebeten am Abend nach dem Essen. So war es in den Kirchenbänken, in denen wir als Kinder neben ihr saßen. So war es um den Adventskranz herum, vor dem Christbaum, so war es bei der Andacht während der Fastenzeit. Sie hörte über jedes Geräusch hinweg und keiner wagte, laut zu sein oder nicht zu beten, auch wenn alle alles andere als einen Gott im Kopf hatten. Mutter setzte ein Wort nach dem anderen, so langsam und schwer, wie ich mir vorstellte, dass Jesus von einer Station zur nächsten ging, unsagbar traurig und von einem Gewicht, ich hätte es in Kilo und Tonnen angeben können.

Ob das Beten für meine Mutter Erlösung war? Ich habe sie nie gelöst vor ihrem Gott gesehen. Ich habe sie vor seiner Mächtigkeit wachen gesehen und die Wache durfte kaum atmen, hielt die Luft an, als wäre die Luft Glas, das jeden Augenblick in ihr zerspringen und zersplittern könnte vom Schlag freier Lungenflügel. Meine Mutter wahrte ihren Gott als das Größte und Innigste, als Größtes im Innigsten, Trost im Innigsten ohne Luft, in dem sie eine letzte Frage versteckte wie eine tief in der Tasche versenkte Murmel. Heute halte ich sie für eine Wunde, die sie mit aller Kraft zuhielt. Sie durfte nicht aufklaffen und beginnen zu tränen. Durfte nicht eitern, nicht schwären, sodass man sie hätte herausschaben oder -schneiden können oder reißen wie einen faulen Zahn. Sie musste verborgen bleiben. Die Wunde musste bleiben.

Ich hörte Mutter lautlos beten. Am Morgen am Tisch. In der Stube, wo die Uhr laut tickte und an die Stille schlug. Sie hämmerte ans Ohr, klopfte in den Kopf hinein, bis sie darin saß wie eine Hirnschnecke.

Mutter betete Psalmen, Bibelverse, das Vaterunser. Oder sprach sie mit Gott so, wie man in sich hineinredet und nach und nach die Worte verliert? Ich weiß es nicht. Aber ich wusste, dass ihre Innigkeit mit Gott nichts Ungefähres duldete, keinen Aufschub und keine Verspätung und keinen Unterlass. Man betet nicht irgendwann und irgendwie, als holte man Gott durch ein Fernsehprogramm zappend ins Wohnzimmer. Man betet auch nicht zur Natur, als wäre sie Gott. Die Natur war für Mutter die Erde, in die man gräbt und Pflanzen setzt, die Rosen, die ein gutes oder schlechtes Jahr haben, die Berge mit einer genauen Höhe und einem Namen, so, wie auch die Bäume und Blumen in ihrer Unterscheidung einen Namen haben. Die Natur war der Schnee, der drückte, und die Schnecken im Salat, die Kühe mit ihren dicken Bäuchen und dem schweren Euter, war die schwelende Geschwulst am Bein der Katze, die Zecke in ihrem Fell und das Fett der Murmeltiere gegen Rheuma. Die Natur war für Mutter nicht Gott. Man tauschte ihn auch mit keinem Regenbogen oder Sonnenuntergang ein, in dem der Kooperator die Gitarre schlug. Mutter wusste, was wohin gehörte.

Sie hielt sich an die Regeln, die sie hielten. Darin hatte alles seinen Platz und seine Zeit. Sie betete zu Gott und las die Evangelien, wenn es Zeit für die Geburt Christi und seine Auferstehung war. Wenn der Gottessohn das Kreuz auf sich nahm und mit dem Kreuz alles Leid der Welt, wurde sie mit jeder Stunde gedrückter. Wenn er auf den Kalvarienberg stieg und nachmittags um drei genagelt starb, war Mutter niedergeschlagen und stumm. Sie war fertig. Weil der Karfreitag ja immer auch ein Freitag und der Freitag ihr Putztag war, war sie am Karfreitag doppelt so fertig. Ich kenne den Geruch von Putzmittel, ihrem Schweiß und die hölzerne Last der Schuld. Die blanken Böden, die man nicht betreten durfte, Mutters Schuften und ihre Schwermut. Die Eimer, die Staffelei und die schweren Möbel, die sie rückte. Das Kopftuch, das ich nicht mochte, ihr kurzer Schrei auf der Staffelei, die wackelte, ihr Schnaufen, ihr Schweigen. Und Jesus, der um drei Uhr starb. Ich kenne den Karfreitag. Er machte jeden Frühling, der einem gerade über die Haut und unter das Hemd, zwischen die Waden und über die Wangen fuhr, zunichte. Mit der Osternacht lüpfte sich langsam die Bedrücktheit. Und am Ostersonntag machte sich Mutter festlich und war wieder froh. Ich war Gott dankbar für die Auferstehung seines Sohnes. Da war Mutters Stille mit Gott nicht mehr so undurchdringlich.

Hoffte sie auf Zeit? Dass nichts unheilbar war, wollte sie glauben. Dass mit der Zeit alles vergeht, weil alles seine Zeit hat. Dass darin eine Gerechtigkeit liegt, sagte ihr Glauben. Ihr Glauben an den Glauben. Manchmal lag er da wie eine tote Fliege am Fensterbrett, die Scheibe so blank, dass die Sonne erschrak und daran zerbrach. Nur ihr Glauben hielt stand.

Sie folgte der Zeit nach einem Takt und Muster, sie hatte dafür ein exaktes Maß. Danach legte sie auch ihre Ordnung an. Wie eine präzise Maschinerie oder ein Wörterbuch, das alles deutet. Darin versteckt ihre Wunde, gebügelt und hübsch gefaltet, falls Gott sie sah.

Ihre Wäsche im Schrank, deren Lage und Geometrie, die kleinen Stöße, die großen. Die Bettbezüge, die Handtücher, die Tischtücher, die

Geschirr- und Taschentücher. Die Hemden, die frisch gebügelt nach einer Sauberkeit rochen, die ich nie zusammenkriege, so wenig wie Betten machen und Zimmer aufräumen. Die Winterpullover, die Sommerpullover, ihr Einmotten im Frühjahr und Herbst. Die Blusen, die Kleider, die Hosen. Die Mäntel und Jacken auf einem Bügel, nie auf einem Haken, die Mäntel- und Jackentaschen, in denen immer ein Taschentuch steckte. Die Socken, die Strümpfe, die Unterwäsche in der ersten Schublade unter dem Spiegel. Die Kannen im Küchenkasten, die Mokka-, die Frühstücks- und Hutschenreuthertassen, ihre Henkel, die alle in die gleiche Richtung wiesen, die Schüsseln, die Krüge, die Pfannen nach parallelen Stielen, die Messer, die Gabeln, die Löffel ineinandergelegt wie Liebespaare, die Töpfe, die Deckel, die Teller gestapelt nach Alltag und Sonntag. Die Bücher in den Regalen und die Zeitungen auf dem Kästchen neben dem Esstisch. Auf dem Kästchen in der Diele die Blumen, die Vase, die Lampe. Die Lampe wurde angemacht, sobald der Tag verschwand, sie wurde ausgemacht vom Letzten, der ins Bett ging. Sobald die Lampe nicht mehr brannte, sollten alle schlafen.

Wenn sie Ordnung machte, zerlegte Mutter die Welt, damit sie sie wieder zusammensetzen konnte. Die Ordnung gab vor, wie das eine zum anderen stand. Ob sich die Dinge miteinander verstanden oder einander in Ruhe ließen. Mutter stellte sie so zueinander, dass sie zusammengehörten. Ob sie es wirklich taten, weiß ich nicht. Aber solange die Ordnung nicht hergestellt war, existierten keine Zusammenhänge, und die glaubte ich ihr.

Die Ordnung war leicht zu stören, aber nur von ihr selbst. Der Staub auf dem Schirm der Leuchte konnte lange liegen bleiben. Er kümmerte sie nicht. Wie auch der Schmutz in der Kehrichtschaufel, die sie erst leerte, kurz bevor sie überquoll. Die Kehrichtschaufel und der Besen hinter der Tür in der Küche. Die Schaufel mit dem langen Stiel. Der Besen aus Reisstroh, das den Schmutz in der Kehrichtschaufel zudeckte wie der blaue Mantel den Bauch der schwangeren Muttergottes. Dieser hohe, weite und schwer fallende Mantel, nur an einem schmalen Spalt geöffnet, in den die Madonna ihre weißen Finger legt. Ich sah es auf dem Fresko von Piero della Francesca. Die Muttergottes eine Königin. Groß und unnahbar schön. Sie schaut herab, gelassen und majestätisch, wissend, dass unter ihrem Mantel aus dem Ursprung der Welt, auf den sie ihre gekrümmten Finger hält, die Erlösung des leidenden Menschen schlüpft.

Das Spülwasser im Kessel für die Polenta, bis der Kessel wieder gebraucht wurde. Bis dahin die aufgeweichten Krusten im Wasser, das anfangs noch ein paar Blasen aufwarf und an die dumpf schimmernde Oberfläche drückte. Danach lag das Wasser wie ein Tümpel in der hintersten Ecke der Speisekammer. Polenta gab es am Donnerstag, zu Mittag als Brei, am Abend geröstet. Am Freitagabend nach dem Baden Milchreis mit Rosinen. Darauf war Verlass wie auf das Amen im Gebet und auf die Regeln meiner Mutter. Sie stimmten.

Ich mochte die Schublade in der Anrichte der Küche ganz rechts. Sie hatte nichts mit den anderen zu tun, deren Inhalte nach Reih und Glied nebeneinanderlagen. Sie klemmte ein wenig, so voll war sie von Plunder und Krimskrams. Der Krimskrams und dass sie klemmte, reizten mich. Die schönste Versuchung der ausgeschüttete Plunder. Dabei enthielt die Lade nichts Geheimnisvolles, auch nichts, das mir nützlich sein konnte. Aber ich liebte es, darin zu stöbern, ich liebte das Geräusch von dumpfem Wühlen und die Verstohlenheit, die Gegenstände aufzuklauben, als wären sie verboten oder doch geheim. Denn sie waren, auch wenn sie noch so kribeskrabes in der Lade lagen, kein Krempel. Sie waren mein Giftschrank der Küche. Münzen lagen darin, Kugelschreiber, Labello, Glühbirnen, Brillen und ein Feuerwehrkalender. Elastikbänder, Pflaster und Knöpfe, Raiffeisenblöcke. Aspirin und ein Ring, meist auch eine Uhr, die nicht mehr ging. Kniestrumpfhosen, Postkarten, zwei, drei Fotos, ein Etui, eine Taschenlampe, ein Reisepass und eine Zwirnrolle. Ein Klebestreifen und mitten drin Mutters Brieftasche. Manches kam im Laufe der Jahre dazu und manches weg und manches habe ich bestimmt vergessen. Aber das war die Lade ganz rechts in der Küche.

Ich glaubte Mutter ihre Ordnung, die ihre Regeln und Anarchie hatte und in der Anarchie wieder ihre Regeln. Ihren Bedacht, sie zu arrangieren, etwas dazuzugeben, etwas herauszunehmen, etwas zu verrücken und unmerklich zu verschieben.

Dass der Glaube ihr wegnahm, was ein für allemal wehgetan hatte, glaube ich ihr nicht. Wenn ich wütend auf meine schmerzensreiche Mutter bin, denke ich, dass sie das gar nicht wollte. Dass sie den Schmerz nie hergegeben hätte, weil er das Einzige war, was nur ihr gehörte. Genau genommen weiß ich es, denn es gibt auch in mir einen Teil, der etwas nicht loslässt und nicht hergeben will. Manchmal ist er die Trauer, durch die das Verlorene nicht verabschiedet werden will.

Sie las viel und zunehmend in der Bibel. Je mehr Mutter in der Bibel las, umso weniger wurden die stillen Gebete, die nicht mehr so still waren. Sie gingen flott dahin und meine Mutter war nicht mehr so tief in sie versunken, war nicht mehr darin eingedreht wie in einen Schraubstock. Die Gebete gehörten zur Einübung in den Tag, in die Nacht oder einen Abschied, waren Fürsprache für den einen und die andere, am meisten für ihre Kinder. Sie gedachten der Toten und baten um einen Segen. Mehr, glaube ich, nicht. Erst später wurden sie wieder wichtig. Wurden vielleicht wieder zu dem, was einmal die Gedichte im Schnee gewesen waren.

Aber die Bibel. Ich sah sie vor dem dicken, roten Buch mit den dünnen Seiten und eingelegten Sterbebildchen oder Einkaufszetteln als Lesezeichen. Sie las die Offenbarung, die Briefe, das Buch Salomon. Eine Weile trug sie dessen Verse breit und andächtig vor und versuchte, deren Feierlichkeit gerecht zu werden. Versuchte, von Würde getragen, in die Endlosschleife zu kommen, in der sich die Verse um die Welt legen wollten. So wollte Mutter das Lied von König Salomon singen. Aber es gelang ihr nicht. Das Hohe war nie ihre Lage. Es war nicht ihr Ton und bald ließ sie es wieder bleiben.

Dafür las sie im Hiob. Immer wieder im Hiob. Eine Stelle war mit einem Zeitungsausschnitt, einer Notiz zu Handke, eingezeichnet gewesen, obwohl sie nie Handke gelesen hatte. Die Notiz zitierte etwas aus *Wunschloses Unglück*. Sie liegt immer noch zwischen den Seiten 1078 und 1079 in der Bibel, die im Regal im Wohnzimmer steht und in der nun keiner mehr liest.

Das erste Mal, dass ich auf Mutter und Hiob aufmerksam wurde, muss gewesen sein, als ich noch zur Schule ging. Ich polterte gegen Gott, trug kurze Röcke und fuhr auf dem Motorradsitz, der zwischen meinen Schenkeln brannte, zum See. Ich trug ein Kleid auf dem Motorrad, ich streifte es ab am See, ich sprang ins Wasser, ich tauchte unter, ich stieg aus dem Wasser, stieg in das Kleid, ich saß auf dem Motorradsitz und das Kleid war ein Wind und meine Schenkel surrten. Das war frei und ganz einfach. Schwierig war, was meine Mutter, die im Hiob untergetaucht war, dort suchte. Da sah ich nicht durch. Hatte nur Trübheit vor den Augen. Aber ich wollte es verstehen. Wenigstens etwas davon. Das, was sie umgab wie andere ein Gewand. Also fing ich an, im Hiob zu lesen.

Der gegen den Allmächtigen polternde Hiob gefiel mir. Seine Empörung, seine Energie, sein Verstand, der eine Linie vom Wenn zum Dann aufzog und schimpfte. Sein Antreten gegen den Höchsten, was seine Treue zu ihm nicht brach, vielmehr daraus wuchs. Seine Gewissheit. Hiob gefiel mir. Mutter gefiel mein Eifer nicht. Sie wollte weder ihn noch Hiob mit mir teilen. Hiob gehörte ihr.

Viele Jahre später hinterließ sie zwei Verse Hiobs auf einem Zettel.

„Bisher kannte ich dich vom Hörensagen, doch jetzt habe ich dich mit eigenen Augen gesehen", heißt es da. Die Zeilen bestimmte sie für ihr Sterbebildchen. Dort sollten sie für sie geschrieben stehen.

Sie kamen auf ihr Sterbebildchen. Dort stehen sie und lassen mich gleich außen vor wie damals, als ich etwas von ihr und ihrem Hiob verstehen wollte und sie nichts davon verriet.

Mutters Hiob, wer war er, was war er? Sie kannte ihn, als wäre sie ein Buchstabe in seinem Namen. Hiob, der schuldlos Bestrafte. Sie, das schuldlos weggegebene, überflüssige Kind.

Sie verstand ihn und dann ließ er sie im Stich. Sie verstand sein Hadern und wollte wissen, wie er es gemacht hatte, nicht mehr zu hadern. Sie haderte mit Hiob, dass er nicht mehr haderte, während sie damit nicht aufhören konnte. Im Hiob zu lesen war für Mutter von Anfang bis Ende ein Gerichtsprozess.

Vielleicht verstand sie Hiob, der sagte: Ich bin zu gering. Zu gering und zu klein, um zu erkennen. Das verstand sie.

Was sie nicht verstand, war, warum und wie die Frage von Hiob aufhörte. Wie sollte das Vernehmen vom Hörensagen, nichts anderes als ein Gerücht, nichts wert vor einem Gericht, ein Ende haben durch die Einsicht des Geringseins? Wie konnte er die Frage aufgeben?

Hiob wusste, dass er unschuldig war. Er musste sich nicht blind und klein geben und die Allmacht Gottes hinnehmen, die ihm unverdientes Leid schickte. Er musste nicht dran glauben, dass es halt so ist, wie es ist, ohne lange zu murren. Hiob folgte dem Recht des Gesetzes, in dem er zur Verteidigung seiner Unschuld griff. Hiob hatte alles Recht zur Klage. Und er klagte. Er fragte Gott. Er schrie.

Warum hat Mutter ihre Frage nie laut gestellt, nie wie Hiob die Stimme erhoben und gegen einen verhüllten Ratschluss geschrien? Warum, Mutter, hast du statt Gedichte gegen die Kälte nicht gegen deinen Vater geschrien? Den Vater oder Gottvater, den heilen Vater, was weiß ich. Der eine wie der andere oder beide in einem. Wusstest du überhaupt zu unterscheiden?

Die Frage hatte meine Mutter nach innen gerichtet. Immer nach innen ging sie in ihren Kopf, wo sie sie nicht hergeben musste. Ihre Eltern durften sie nicht hören. Niemand durfte sie hören. Sie gehörte ihr. Niemals durfte sie fragen, warum sie als Kind von ihren Eltern weggegeben worden war. Die Frage führte zu nichts und irgendwann vor lauter nichts ganz innen in ihrem Kopf zum Nichts, in dem sie verschwand. Was war da noch ihre Frage wert. Sie blieb liegen wie ein abgeschnittener Eidechsenschwanz und die Eidechse huscht weg, verstümmelt, und verzieht sich, verschwindet im Gebüsch.

Was war schon dabei, wird eine kopflose Stimme in ihrem Kopf gesagt haben. Kinder wurden im ganzen Tal weggegeben. Das ganze Land war voll von weggegebenen Kindern. In manchen Häusern war Kinder machen und Kinder weggeben die gleiche Pflicht und Notwendigkeit. Genauso schnell, wie sie zur Welt kamen, wurden sie weggegeben. Wegen eines weggegebenen Kindes musste sich niemand schämen, jedenfalls weniger, als wenn zu wenig Kinder gemacht wurden. Kinder weggeben war nichts Böses. Es war halt so.

Aber so war es nicht. In der Familie meiner Mutter war es nicht notwendig gewesen, ein Kind wegzugeben. Nichts, nichts zwang sie dazu. Kaum war meine Mutter aus dem Haus, kamen weitere Kinder zur Welt, und keines davon wurde weggegeben. Als der Vater am Bach ein eigenes Haus baute und die Familie nicht mehr von Hof zu Hof ziehen musste, holte keiner sie zurück. Es gab kein Zurück, weil sie nicht mehr dazugehörte. Sie gehörte nicht ins Haus am Bach und sie gehörte nicht zum Hof auf dem Nordhang. An einem Ort war sie Gast, am anderen die Dirn. Sie gehörte nirgends dazu.

Nun geh wieder, wird ihre Mutter zu ihr gesagt haben, wenn sie zu Besuch kam und es Zeit wurde, aufzubrechen. Die hungrige Mutter mit ihren rauen, zerklüfteten Schaufelhänden. Sie wird sich damit über die Brust gefahren sein, die nichts anderes war als ein knochiger Brustkorb unter einer Schürze, hart wie ein Schildkrötenpanzer. Sie wird noch einmal darübergefahren sein, um zu prüfen, ob er hält. Die Zeiger der Uhr werden vorgerückt sein wie Soldaten zum Appell oder Fromme zum Gebet. Und meine Mutter wird zur Tür hinausgegangen sein.

Ob ihre Frage für sie offenblieb oder ob sie sich auflöste mit den Jahren und dem Hadern oder dem Nichts, ich weiß es nicht. Jetzt bleibe ich mit ihr zurück und sie wird zur Frage, die ich versäumte, an sie zu richten. Nicht anders als die Zeilen von Hiob, die sie zurückgelassen hat ohne einen einzigen Wink, zerdrückt zwischen Buchseiten wie ein getrocknetes Leberblümchen.

Sie starb an einem Abend im Mai, als wäre es ein Leichtes. Als hätte sie lange schon gewusst, wie es ging, abzudanken, ohne sich umzudrehen, abzuziehen in aufrechter Haltung. Ich blieb zurück zu ihren gerade eben tot gewordenen Füßen.

Dann war sie weg und ich war da und fand den Ort nicht, wo sie war. Ich warf alles hoch, krempelte die Welt um wie eine Socke und meinte, meine Mutter müsste herausfallen. Ich hatte dafür zu sorgen, dass sie nicht schon wieder verschwand, während ich, kerngesund und mit schönen Tränen, zurückblieb. Ich fand den Ort nicht. Es gab keinen. Ich hinkte nur erschöpft hinter dem letzten ihres wiederholten Verschwindens her, von dem ich wusste, dieses hier war nun endgültig. Sie war weg und ließ mich zurück mit der immer gleichen Frage: Wo bist du, Mutter, wohin bist du verschwunden? Es war nicht die Frage nach dem Ort, wohin alle Toten gehen, wenn sie uns zurücklassen mit geschlossenen Mündern und geschlossenen Augen, nunmehr bereit, sich zu zersetzen, sich aufzulösen und den Boden zu schaffen für Wurzeln, Kraut und Blumen oder überzugehen zum leichtesten Gewicht der Welt.

Ich fragte sie, was ist es gewesen, Mutter, wo du, nirgends ganz zugehörig, mit einem Bein immer warst, gerettet oder verloren, ich weiß es nicht, mit deinem Schmerz, einem bleiernen oder einem heilenden, von dem ich nichts erfuhr, weil wir uns an deinem Schmerzpunkt nie mit Worten erreichten und uns eher die Zunge abbissen, als zu fragen. Unsere am Metall des Schweigens klebenden Zungen, die geblutet hätten, hätten wir sie davon losgerissen.

Ich kratzte mir die schönen Tränen wie Pocken vom Gesicht und sie tat nichts anders als das, was Tote tun, sie schwieg.

Sie schwieg in der ganzen Macht der Toten. Sie schwieg in der ganzen Macht des nun zu Ende gelebten Lebens. Sie schwieg aus ihrem reglos gewordenen Gesicht, dessen Züge durch meines laufen wie eine Naht. Sie hat sie in mich hineingenäht nach Strich und Faden, und alle sagen, ich komme ganz nach ihr. Es stimmt nicht. Es liegen nicht die Strickleitern der Gene unter den Linien in unseren Gesichtern. Es sind die gestochenen Nähte, die von der einen zur anderen übergingen, die hin und her liefen, hin und her, unter die Haut, über die Haut, die uns zusammenzogen und wieder laufen ließen, wieder zuzogen, wieder aufmachten, um uns wieder fester aneinanderzunähen.

Zieh den Faden aus mir, Mutter, oder egal wer, egal wie, egal, wenn ich auseinanderfalle, ich flicke mich wieder zusammen, irgendwie, vielleicht wird mein Gesicht ein Fleckenteppich oder das Fell eines Tiers, das ich täglich mit den Pfoten oder mit Pranken putze.

Mitten in der Nacht nach ihrem Tod stand ich auf und ging an ihr Bett. Die Kerze brannte und hielt Wache, wie es sich gehörte. Ihr Zimmer war aufgeräumt, wie immer. Auch der Infusionsständer nicht mehr, kein Phlebo, keine Medikamente, nichts dergleichen. Sie lag da in dem kalten Körper wie in dem eines Mädchens, mit den gefalteten Händen auf der Brust und dem blauen Auge, das sie sich in der vorletzten Nacht zugezogen hatte. Da hatte ich bei ihr geschlafen. Ich hatte gedöst, geschlummert, hatte auf ihren Atem gehorcht, doch als sie im Dunkeln aufstand und auf die Toilette ging, hörte ich sie nicht. Ich hatte verschlafen. Sie kam nicht bis zur Toilette, sie war zu schwach. Sie prallte gegen den Türrahmen und fiel um. Am nächsten Tag hatte sie das Veilchen über dem rechten Auge, dunkel wie eine Miesmuschel, und ihr Körper ein Bündel, als könne man ihn in einer Hand halten. Er hielt sie nicht mehr. Er brach ein. Es kann sein, meinte der Arzt, dass der Stoß ihren Kopf so heftig geschüttelt hatte, dass er alles schnell ans Ende trieb. Dass der Türstock ihr den letzten Schlag versetzt hatte und der Schlag nach und nach alles in ihr ausknipste, alle Schalter ausmachte, alle Stecker zog und aus. So schnell ging es plötzlich. Über Nacht war das Sterben ins Haus gekommen und brachte etwas, ihr Leben, zu Ende, zügig und schnell, weil ich nicht genug auf sie aufgepasst hatte.

Nun war es vorbei und sie war in der ersten von unzählbaren Nächten tot. Sie lag da in dieser ersten Nacht und holte mir deren Macht wie herbeigepfiffene Hunde ins Zimmer. Sie lag da mit den gefalteten Händen und geschlossenen Augen, eines in der dunklen Miesmuschel, die ich nicht öffnen konnte, ihr blaues Auge, als hätten wir uns kurz vor ihrem Tod geprügelt.

Hätte ich dann die Frage aus ihr herausgebracht? Oder den Schmerz? Oder das Nichts und seinen Namen?

Nun war ich ohne sie da und es kamen die Fragen, seltsam unverzagt. Sie sprangen auf wie Knospen, schlüpften wie alle Blüten, wenn die Knospen platzen. Sie wuchsen wie die Brüste, die ich als Mädchen hinter verschränkten Armen niederdrückte. Ich wollte sie nicht zeigen, am wenigsten meiner Mutter. Sie, die mir die Fragen verbot durch ihr Schweigen, ihr Gedrücktsein, ihr Nichts. Sie hat die Fragen so zugedrückt, dass ich sie fast nicht mehr sah. Sie machte sie zu ihrem Körper in meinem; sie steckten in mir fest, eingepfählt und versteckt, und ich lief beinahe blind dafür herum. Vielleicht laufen geköpfte Hühner so. Laufen irr über den Hof und haben keine Ahnung vom Hof und vom Tod und fallen dann einfach nieder, dumm und hässlich.

Ich weiß nicht, wie sie immer da gewesen waren und doch nicht da. Nicht da und doch da. Doch da und nicht da. Ich sah mich blind gegen Gespenster schlagen. Sah mich dumm wie ein geköpftes Huhn. Als wäre ich vollkommen unfähig zu verstehen, als wäre ich blöde und verblödet, erkannte ich die Fragen nicht, die klar genug da waren und dann wieder zugenäht wurden; die stärker waren, je weniger ich sie stellen durfte, die sich verdichteten zum Nichts, das sich in mich schlich und hinterrücks meines wurde.

Ich beachtete es kaum. Ging täglich an ihm vorüber und ließ es links liegen, während ich nach ihm schielte, als es mir zusah, wie ich an ihm vorüberging. Wie ich die Blumen goss und die Bücher aus den Regalen zog, sie aufklappte und wieder zumachte und zurück in die Regale schob. Wie ich den Atem regulierte, um ihn nicht zu verlieren, und auf dem Fischmarkt stand und das Auge nicht wegkriegte, das am toten Fisch und seinem aufgerissenen Maul zwischen bröckelnden Schuppen klebte. Es sah mir zu, wie ich vor dem Spiegel stand und den Lidschatten auftrug, unter dem ich wie eine Eule klimperte. Wie ich die Handtücher stapelte, die gestapelt Wurzeln schlugen, und eine Aufgabe erfüllte, so tüchtig und richtig, dass sie zerfiel und dabei glänzte in Erbsengröße. Es sah zu, wie ich eins nach dem anderen tat und das Tun von Mal zu Mal in meinen Körper einwuchs, als würde es dort Großes pflanzen und nicht an Mutters Waschtrog, Großmutters Beichte und Annas Sockenstopfen weitermachen. Als würde es nicht selbst am Rand der Dinge stehen, schaute es mir stumm zu und feilte sich die Nägel. Es gehörte zu mir, auch wenn ich es niederhielt, als wollte ich eine kleine, weiße Maus in mir fangen.

Ich war unfähig, Mutters Verbot darin zu erkennen. Ihr Verbot, die Frage an sie zu richten. Aber ich hielt es ein. Im übereingekommenen Widerstand des Schmerzes gegen die Sprache übernahm ich das Verbot, ihr Verbot, eingefädelt in Liebe. Die Liebe verstand ich. Sogar so, dass ich manchmal vor ihr floh. Das Verbot verstand ich nicht. Je mehr ich die Liebe verstand, umso weniger das Verbot, diesen Parasiten, eingenistet in Liebe. Ich nahm es wahr und nahm es auf mit jedem Luftzug, aber ich war unfähig, es zu erkennen. Sie verstrickte es so mit Liebe, dass es sich darin verstecken konnte. Mutter liebte mich zu sehr.

An einem Samstag sah sich meine Mutter sterben. Sie riss die Augen auf und sagte: Jetzt sterbe ich. Dann wandte sie die Augen zu mir her und fragte mich: Oder bin ich schon gestorben?

Mutter hatte plötzlich Angst bekommen, ihren Tod versäumt zu haben.

Sie fürchtete ihn nicht. Auch nicht das Sterben, das sie antrat wie eine Aufgabe, mit Bedacht und Anstand, eines nach dem anderen, bis es getan war, so wie die Kerne aus den Pflaumen pulen und die Pflaumen zu Marmelade rühren, dunkel, schattig und süß; sie nahm das Sterben in die Hand wie die Blumen aus den Samen ziehen und sie in die Erde pflanzen, wie die Erde düngen und ein Beet anlegen, umgraben und mit Steinen umsäumen, was sie wenige Wochen vor ihrem Tod noch getan hatte. Das Sterben hat noch jeder geschafft, sagte sie einmal und rührte im Tee, den Kopf über die Tasse geneigt wie über ein Buch, in dem sie las.

Sie starb, als wäre es ein Leichtes, jedenfalls nicht schwerer als leben, vielleicht sogar leichter für sie, und beinahe glaube ich ihr. Sterben war ihr nichts Fremdes. Es war für sie eine letzte Tat, zu der es alles Denken und Handeln lange vorher gegeben hatte. Am Ende war es nur noch zu tun.

War es so einfach? So leicht wie ein Aufschweben? Oder stieg sie mit jedem ihrer letzten Atemzüge noch einmal ein Stück in ihr Leben hinab und ließ es los? Für manche ist das Sterben einfach, sagte sie einmal, für andere schwer. Und für manche eine solche Pein, dass sie allein daran sterben müssten.

Sie musste es wissen. Jeden Mittwoch und Freitag stieg sie in ihr Auto, einen grauen Fiat Panda mit Dellen und Kratzern im Blech, als wären es Wasserzeichen, und fuhr in ein von Klosterfrauen geführtes Spital. Sterbebegleitung heißt das, was sie dort tat, aber jede Frage danach, warum sie das machte, war ihr ausgesprochen dumm vorgekommen.

Sie saß bei den Sterbenden, redete mit ihnen und hörte ihre Geschichten. Oft die aus Kindertagen, Erzählungen von weit her, über Mütter, in deren Schürze einer sein Gesicht vergrub, und über Mütter, die streng waren und zuschlugen. Über Mütter, deren Brüste wie Säcke an ihnen hingen und die Säcke waren voll von Vergangenheit und Wehmut. Mütter, die nie stillsitzen konnten und an der Tischecke saßen, die sie jederzeit vom Tisch wegjagte. Mütter, die nichts aßen, Mütter, die nachts weinten, Mütter, die im Nachthemd aus dem Weinberg zu holen waren. Manche redeten mit ihren toten Müttern, während sie ihre eigenen Kinder nicht mehr erkannten. Es gab die, die eine heimliche Liebe gestanden. Eine solche, die einmal die Lippen gestreift und dann fort gewesen war. Es gab solche, die das Leben liebten, weil sie sicher sein konnten, dass es nicht wiederkehrt, und solche, die das Leben lebten, als wäre es ein Pfand, nur ausgeliehen und bald mochten sie es zurückgeben. Manche erzählten vom Krieg. Wurden wieder Soldaten, Gefangene und Heimkehrer. Einem fuhr die Tochter schnell über den Mund, um das letzte Bekenntnis eines treuen Kameraden nicht laut werden zu lassen. Manche sagten gar nichts, verzerrten das Gesicht und ließen einen Schmerz nicht los und andere nicht das Leben. Manche weinten, weil sie es vor Mutter, der stillen Fremden, tun konnten. Manche hielten ihre Hand und manche gingen aus dem Leben wie zur Tür hinaus.

Mutter hörte ihnen zu. Sie sah, wie sich die Tür langsam öffnete. Wie sich das Leben noch einmal zeigte, bevor es zu Ende war. Sie umschloss es wie einen zitternden Hasen.

Über ihren eigenen Tod sprachen wir kaum. Er war im Haus und hatte alles Sagen. Im vollen Vertrauen, das er in Mutters Sorgfalt hatte, gab er ihr noch alles Tun in die Hand, bis die Zeit für seine Tat kam. Ich stand daneben, sah Mutter mit dem Unsichtbaren reden. Redend ging sie mit ihm ein und aus, konzentriert darauf, ihm das Rosen Schneiden zu zeigen, das Hemden Bügeln mit Dampf, das

Ausstechen von Keksen und Einsalzen der Eierfrüchte, bis sie schwitzten und man sie aufeinanderlegte in Schichten von Käse, Knoblauch und Tomaten. Sie führte ihn in die hinteren Zimmer, wo alte Dinge in der schweren Truhe lagen und die Truhe klemmte. Sie ging mit ihm in die vorderen Zimmer, in die die Sonne hineinleuchtete und strahlte, bald durch die Scheibe, die Mutters Körper geworden war, als wollte sie ihn vor aller Augen röntgen. Mutter warf sich eine Decke über, trieb den Tod an Fernseher, Ohrensessel und Grünlilie vorbei in das Badezimmer, wo sie ihm ihr eingefallenes Gesicht mit den Schatten unter den Knochen im Spiegel zeigte. Sollte er doch überall dabei sein und alles kennen, jetzt, wo er schon im Haus war und nicht mehr fortging. Vielleicht gewöhnte er sich an das Leben und nicht umgekehrt, das Leben sich an den Tod, der blieb. Er ließ ja mit sich reden. Also nahm sie ihn auch mit in den Wald, in den Bus und mit in den Laden, hieß ihn Dosen aus den Regalen holen und das Gemüse abwiegen, hieß ihn ein Lieblingsessen aussuchen, damit er nicht immer nur an ihr leckte und die Kilos von ihrem Körper nagte, den die Kraft, plötzlich untreu geworden, stillklammheimlich verließ. Mutter musste nun ohne sie mit sich zurechtkommen, einmal mit den Blutergüssen und blauen Flecken auf der Haut, einmal mit der schwarzen Milz, die wie ein Kind in ihr wuchs, einmal mit der unsagbaren Schwäche, mit der sie kaum auf der Bank vor dem Haus sitzen konnte und sich den Herpes aus der wunden Nase ins Taschentuch schnäuzte. Mutter schimpfte auf die Kraft, die sich so unrühmlich fortgemacht hatte und ihren Körper zu einer Gliederpuppe machte, leicht wie eine Walnussschale. Als wäre es die fehlende Kraft und nicht der Tod, der am Werk war. Aber sie wusste es, wusste es ganz genau. Dann rief sie noch einmal alle ihr zur Verfügung stehende Kraft zu sich her und stieg, ihre Tasche mit der dicken Mappe unterm Arm, in den Ring gegen ihn an, versuchte, noch einmal gegen ihn aufzukommen und es mit ihren kleinen, knochigen Fäusten mit ihm aufzunehmen, dem unermesslichen, unnachgiebigen Tod.

Einmal, als wir in der Stehbar im Spital einen Kaffee tranken, vergaß sie kurz, wo wir waren. Sie schaute nicht auf das Kommen und Gehen der Leute, wie sie es sonst gerne tat. Oft kommentierte sie etwas an ihnen, schnappte Gesprächsfetzen auf, reimte sich etwas zusammen, gab ihnen eine Geschichte. Beobachtete eine Frau im rosa Jäckchen, die windschief den Gang entlangkam und einen Fuß schlenkernd, in Wirklichkeit hinkend, in die Luft warf. Beobachtete einen Mann und seine Narben auf dem Kopf, der Kopf eine Kraterlandschaft mit Beulen und Mulden, über die die Hand des Mannes fuhr, so zärtlich und behutsam wie vielleicht nie über die Mulden einer Frau.

Als wir nun wieder einmal inmitten der Leute und mitten im Geklapper von Tassen und dampfendem Kochen der Kaffeemaschinen standen, sagte sie, als ob es nichts mehr um sie herum gäbe, und es war das einzige Mal, dass ihr die Stimme dabei stockte: „Nein, noch gehe ich nicht. Ein bisschen Zeit habe ich noch."

„Man gehört nicht mehr dazu", sagte sie im Lift und hielt die Krankenakte unterm Arm. Ich meinte, sie würde von jenen Menschen reden, zu denen sie nicht mehr gehörte, zu den Menschen ohne Akte und zu denen wie ich, die noch ein Leben vor sich haben und dessen Versprechen im Knipsportemonnaie mit sich tragen, zu jenen Menschen, die noch ohne den ungebetenen, bleibenden Besucher in ihren Häusern wohnen, schlafen, spielen und lieben, die neue Bücher kaufen und nach Wörtern Ausschau halten, die Orangen schälen und die Schale auf die Heizkörper legen wie eine Haut voller geöffneter Poren. Heute glaube ich das nicht mehr. Der Satz war viel älter als die Akte unter ihrem Arm. Er gehörte der stummen Dirn.

Als über mich eine Akte angelegt und ich zum „Königreich der Kranken", wie ich bei Susan Sontag lese, gezählt wurde, machte ich es wie sie. Ich verschwand in meinem Bauch. Bevor mein Bauch mich aufnahm, beseitigte ich mich aus den Gängen und Zimmern der Wohnung. Ich zwängte mich an der Küchenanrichte vorbei, am Waschbecken im Bad, an den Mänteln, Taschen und Schuhen in der Garderobe. Ich drückte mich die Wand entlang, wenn ich schlafen ging, ich stand auf, wenn alle schliefen. Ich fand nachts den Platz, wo mich niemand sah und hörte. Untertags huschte ich von Zimmer zu Zimmer, wenn man mein Huschen brauchte, und hustete, damit man mich nicht suchte, wenn ich still irgendwo saß. Ich klaubte mich von dahin nach dorthin, stahl mich an Spiegeln vorbei, an Regalen, an Stühlen.

Wenn die Schmerzen kamen, kauerte ich mich auf das Sofa und krümmte mich ein. Ich hielt die Schmerzen mit beiden Händen. Sie aber hatten anderes vor. Sie hatten beschlossen, sich in meinem Bauch niederzulassen, und bald waren sie es, die mich mit beiden Händen hielten.

Ich hörte die Geräusche in meinem Bauch, ein Gurgeln und Grollen, ich hörte das Brennen in seinen Gängen, an deren Wänden ich wie eine Fledermaus hing und aufflatterte, wenn der Schmerz loderte. An bestimmten Tagen, die sich fast nicht von anderen unterschieden, zündelte er und fauchte wie Feuer. Dann gab es nur mehr den Schmerz in der Bauchgrube und das Hören war meine Stirnlampe, mit der ich in ihren Gängen ging.

Im Spital lag ich unter einem dünnen, weißen Tuch. Es deckte mich zu, als wäre ich ein Bügelbrett, auf dem man mit genügend Hitze alle Falten glättet. Es straffte sich über mich und bügelte mich flach.

Mit blauem Licht wurde mein Bauch ausgeleuchtet, damit zum Vorschein kam, was ihn zur Wunde machte. Meine Nacktheit war weiß wie das gestraffte Tuch. Auf dem Nachtkästchen lag ein Buch von Tolstoi. Ich las, wozu Liebe fähig war.

Man schnitt ein Stück von meinem Bauch heraus. Man lötete die Teile zusammen, die nicht verbrannt waren, und schob mich wieder unter das weiße Tuch. Etwas von mir ist in meinem Bauch geblieben. Mein Bauch hat ein Gedächtnis.

Mutters Akte wurde dicker und dicker wie ein aufgeblähter Bauch. Sie notierte die Werte in Mutters Blut. Sie zeichnete auf, wie sich die weißen und die roten Blutkörperchen zueinander verhielten. Sie vermerkte deren Größe, Teile und Konzentration, sie verwahrte Zahlen und Daten, verwaltete Mutters letztes Stück Leben. Ich könnte auch sagen, sie verzeichnete ihr Sterben. Aber sie verzeichnete das Ende ihres Lebens, an das sich mit jedem Zettel noch ein kleines Stück anhängte, bis man nicht mehr wusste, war mit ihm die gewonnene oder zu Ende gehende Zeit gezählt. In dem Bündel war Mutters Leben festgehalten, als wäre, was nicht in einer Akte ist, nicht in der Welt, und der Packen Papier ihre Platzkarte darin.

Mutter umklammerte den Stapel mit den Zetteln. Sie legte ihn in die Handtasche zum Taschentuch und ging damit ins Krankenhaus, wo er wieder gefüttert wurde. Eines Tages wuchs er nicht mehr. Er wanderte nicht mehr von der Handtasche ins Spital und zurück auf das Tischchen mit den Zeitungen. Er gehörte zu niemandem mehr und wurde Papiermüll.

Ich habe ihn kürzlich hervorgezogen. Ich wollte sehen, ob vielleicht Wörter zu finden waren, die ich mir ausleihen könnte. Ich öffnete ihn, aber schloss ihn gleich wieder. Er enthält nur Datumsangaben, Wörter, die zuschlagen, Abkürzungen, vor denen man die Augen nicht zubringt, Formeln in einer Sauberkeit wie die weißen Kittel, korrekt, klinisch und blank wie künstliche Zähne, Zahlen, fünfstellig und sechsstellig und die Mengenangaben dazu, als würden sie die Grenzen einer Rechnung vorgeben, der Grenzen hin zum Tod. Ich wollte diese Wörter nicht und nicht die Mappe, der die Wörter gehörten. Ich werde den Papierstapel entsorgen.

Nicht dazuzugehören musste dem zum Nichtfragen abgerichteten Kind nicht eigens gesagt werden. Es wusste von allein, was zu tun war. Es genügte so wenig dazu und es räumte sich aus dem Weg, immer ein Stück weit weg in die erstbeste Entfernung, in den Boden, ins Tischtuch, ins Leinen, und es war nicht mehr zu unterscheiden, ist es Kind oder Mutter. Kind, das sich ins Stillsein verkroch und dort verharrte, weil es nicht in eine Welt hinaus konnte, von der es begriffen hatte, dass man sie sich nehmen musste wie das größte Stück Torte auf dem Tisch, und gekränkt an kein Maß heranreichte, das sie setzte. Mutter, die in ihrem aufrechten Körper tief in sich hineinstieg, durch ihren weißen, wollenen Pullover hindurch, durch die Brust hindurch, den Brustkorb hindurch, durch die Rippen wie Arkaden in innere Gemächer, die nur für sie bestimmt waren, die schweigend erhabene und schweigend schamvolle Mutter.

Wie eine ungültige Karte nahm sie sich aus dem Spiel. Sie saß am Tisch, und als alle durcheinanderredeten und mit Worten um sich warfen, die sich in Luft auflösten, noch ehe sie zu Ende gesprochen waren, stand sie auf und ging. Sie schwieg, als ihre Kinder alle ein Studium in der Tasche hatten und sie nur die Tasche in der Schürze oder eine Handtasche als schöne Frau. Sie fand den Schlüssel für einen Witz nicht, zu dem andere lachten, sie lachte verlegen oder gar nicht, sie lachte, wenn jemand vor lauter Eitelkeit nicht lachen konnte, und lachte über seine hässlichen Schuhe. Sie verstand Wörtchen wie „phantastisch“ oder „super“ nicht, nicht ihren Gebrauch und nicht die Superlative, zu denen sie nie greifen konnte, denn keiner davon meinte sie. Sie sagte vielleicht „Wie schön“ oder „Na, schau“, als hätte sie nichts anderes als darüber staunen können, was sie berührte, und als wäre es ein Geschenk von weit oben, das zufällig einmal auf sie niedergefallen war.

Sie stellte sich in die Küche, wenn sie Vaters laute Telefonate nicht hören wollte, wusch Töpfe und schrubbte Pfannen, legte Teller über die Kannen mit einem Rest der Milch oder der Soße, die nicht aufgegessen worden war, spritzte Putzmittel über die Anrichte, wischte darüber, von rechts nach links, wieder zurück, links, rechts, wischte über die Wischer, bis ihre Küche glänzte. Ihre Küche, in der so oft Dampf, Wärme und Würze aufstiegen, in der kochendes Wasser und die Radiostimme herrschten, bratendes Essen, ihr Klappern und ihre verschlossenen Gedanken, offen aber, wenn sie wütend waren. Mutter kannte die Wut. In der Küche auf Dosen, Verpackungsschachteln und Flaschen, deren Verschlusskappe sie nicht öffnen konnte und lieber köpfte. Sie fürchtete sie und fluchte, schimpfte, noch ehe sie den Öffner an eine Büchse ansetzte. Oft schlug sie mit dem Hammer hinein, bis er im Blech steckte und nicht mehr zu bewegen war. Die Konserve blieb zu und Mutter gab sich geschlagen.

Auch ich kenne den Kampf mit den alltäglichen Gespenstern, die hinter den Dingen kichernd und grinsend liegen, oft kleine Monster, die in ihre runzligen Fäustchen lachen. Ich unterhalte mich mit ihnen, denn sie halten mich wach. Manche wollen mir Fallen stellen, aber eigentlich stellen sie mich auf die Probe.

Legen sich neben die vollgepackten Einkaufstaschen auf dem Rad. Ich stelle drei davon in den Korb, lege noch eine Tüte mit Äpfeln obendrauf und eine mit Brötchen, dann eine Shampooflasche, irgendwo zwischendrin die Zeitung und eine Flasche Milch. Ich weiß, das kann nicht gut gehen, der Turm im Korb wackelt und die Sachen zittern. Aber ich weiß auch, ich kann balancieren. Ich trete in die Pedale. Ich hole Schwung. Ich kenne den Asphalt und seine Löcher. Ich kenne den Winkel, in dem ich das Rad in die Kurve lege. Aber schon holpert es. Ich kann es halten, aber nicht die Äpfel und Brötchen, die auf die Straße rollen. Bald fallen auch ein Schinken und Schnittlauch und noch etwas vom Haufen und ich kann gerade noch eine Hand auf den Rest der Taschen legen, während meine Geister, die es besser wussten als ich, über mich triumphierend kichern.

Ich höre sie da und dort, sie haben kein Prinzip, nach welchem sie mir auflauern und mich überfallen. Nur in manchen Dingen sind sie verlässlich, wie in meinem geerbten Zorn gegen Dosen und Flaschen, die ich so wenig öffnen kann wie meine Mutter. Ich verachte sie. Ich schmähe sie. Ich strafe sie mit Herabsetzung, in der ich sie in die unterste Lade stelle.

Es sind nicht Gespenster hinter den Dingen. Es sind die Dinge selbst, die sagen, dass alles anders sein könnte. Dass etwas nicht sein könnte oder nichts. Das sagten sie auch meiner Mutter. Sie sprach nie davon. Sie suchte dafür keinen Namen, mit dem sich die Frage hätte decken können, ob es etwas gibt oder nicht. Denn es wäre immer ihrer gewesen. Sie hätte keinen anderen Namen dafür gekannt als ihren.

Das ist alles. So könnte etwas gewesen sein. Die Geschichte meiner Mutter. Ich habe danach gestochert wie sie mit der Stricknadel in ihrem Haar. Wenn eine Maschenzeile zu Ende war, schob sie die frei gewordene Nadel durch die dichten Haare, vor und zurück, vor und zurück, bis sie nicht mehr von Schweiß klebrig war und wieder glitt. Es wollte nicht aufhören, ihr kratzendes Stochern. Es schabte in ihrem Haar, scharrte auf dessen Boden, als Kind dachte ich, Mutter stößt sich die Nadel in den Kopf, bis er Löcher hat.

Vielleicht ist mein Stochern gar keine Suche, sondern der Versuch, Mutters Geschichte schöner, also ungeschehen zu machen. Ich will etwas Unmögliches. Mir eine Geschichte schön schreiben, die grausam bleiben muss. Etwas, das ihr Nichts nachträglich aufheben könnte. Aber vielleicht auch nicht. Vielleicht entspringt das alles meinem Kopf wie ein Hänsel-und-Gretel-Märchen und ich versuche, es zu etwas Wahrem zu machen. Mir daraus eine Mutter zu formen.

Einmal stieß ich auf eine Zeile von Kafka. Ich hätte sie überlesen können, denn ich stöberte in der Suchmaschine nach irgendeinem Zitat. Aber ich stolperte über eine Tagebuchnotiz von Kafka. „Alles, was möglich ist, geschieht ja; möglich ist nur das, was geschieht." Manche Sätze schlagen Funken, zündeln und erzeugen eine helle Unruhe in meinem Kopf. Dieser hier erzeugte die Ruhe einer blitzartigen Gewissheit. Ich suchte gar nicht mehr nach dem Zusammenhang, in dem der Satz zu verstehen war. Er war von einer sachlichen Klarheit, die keinen Zweifel ließ. Er meinte mich.

Jahre danach suche ich die Notiz wieder. „Warum wandern die Tschuktschen aus ihrem schrecklichen Lande nicht aus, überall würden sie besser leben, im Vergleich zu ihrem gegenwärtigen Leben und zu ihren gegenwärtigen Wünschen. Aber sie können nicht; alles was möglich ist, geschieht ja; möglich ist nur das, was geschieht."

Die Tschuktschen, lese ich, sind ein kleines, indigenes Volk im äußersten Norden Sibiriens an der Grenze zu Alaska. Sie leben vom Walfischfang und Rentieren und haben eine eigene Sprache, die nur wenige sprechen. Für die Einreise in die Region braucht man eine Sondergenehmigung, so unwirtlich ist die Gegend, die sich aber zu jeder Jahreszeit völlig ändert. Es sei eine grenzenlose Welt, sagen Reisende.

Mutter und ich, wir blieben unter den Rentierfellen. Das war es auch schon, was geschah.

Jetzt gehe ich die Treppe zur Wohnung hoch und sehe mich wie meine Mutter die Stiegen steigen. Wir gehen gleich, meist auf den Ballen der Füße. Ihre Schritte tippelten, lagen auf den Stufen wie Noten auf Zeilen. Meine waren ständig verwickelt in irgendein Spiel, in eine geheime Formel oder einen ausgedachten Zauber. Mit zwölf übersprang ich die Stufe in der Mitte der Treppe, die ins obere Stockwerk führte. In der Stufe steckte eine Stange des Geländers, eine dünne, orange gestrichene Eisenstange, an und für sich grazil. Aber sie war orange. Und Orange war eine Mischung mit Rot. Rot aber war die Farbe von Blut. Ich wusste, einmal würde Blut aus mir herauskommen, einmal im Monat würde ich bluten. Blut würde aus meinem aufgebrochenen Körper rinnen und etwas Unbekanntes in meinen Schlüpfer schwemmen, etwas Dunkles, das wie ein Apfelkern oder Kirschkern oder überhaupt nur Hagedornkern in ihm saß. Es würde sich in meinem Blut verstecken und das Blut, rote Spur, rote Tinte, würde es verraten. Das war die Stufe mit der orangefarbenen Stange. Ich mochte sie nicht. Sie enthielt das lauernde Ende der Kindheit.

Ich zähle die Stufen, die ich gehe, ich zähle sie ab, wie ich als Kind die Margeritenblätter hinterm Haus abzählte, und der Sommer stand hoch. Ich hatte Brennnesseln um die Waden und an der Mauer standen falsche Kamillen. Ich zupfte die Blütenblätter nach dem Abzählreim: Glaube ich oder glaube ich ihnen nicht, den gerupften Blütenblättern. Ich steige die Stufen zur Wohnung hinauf, ich habe ein Aschenest im Haar und zähle: Ich habe Angst, ich habe sie nicht. Ich habe Angst, ich habe sie nicht. Es zählt die letzte Stufe. Halte ich mein Versprechen, nicht Angst zu haben?

Es gab kein Versprechen und niemanden, der es mir abverlangte. Aber ich weiß, dass meine Mutter eine Angst kannte, die für sie allein ausreichte und mit mir aufhören muss.

Es ist spät. Ich könnte müde sein. Aber ich schlüpfe in den Mantel und richte den Blick unter meinen Schlupflidern ein. Dann steige ich die Treppe hinab, werfe die Haustür hinter mir zu und gehe hinaus auf die Straße. Ich gehe an den

Mülltonnen, den Plakatwänden unter den Laternen vorbei. Ich biege um die Ecke, gehe über die Brücke und in leere Gassen. Ich höre meine Schritte auf dem Asphalt, sie klopfen im Takt und werfen sich an die Wände für ein Echo. Nachts liegen meinen Schritten alle Gassen zu Füßen. Sie sind das lauteste Geräusch unter keinen Geräuschen.